文芸社セレクション

短歌と随筆の架け橋

早川 博海
HAYAKAWA Hiroumi

文芸社

〈枕文〉

この本を読まれるにあたっては、まず短歌のみを読んであなたのイメージを描いて下さい。次に随筆を読んで、あなたのイメージと随筆がほぼ同じ内容でしたら、ハグして背中をポンと叩き合いましょう。そこそこ同じなら、両手を握りしめてにっこり笑い合いましょう。大きく違っていたら、ハイタッチして大笑いしましょう。そして、あなたの感性に乾杯しましょう。

短歌は感覚的・主観的で、随筆は論理的・客観的と言われますが、短歌も随筆も作者の認識が読み手よりも核心的であるわけではなく、読者の認識の方が核心的であることが大いにあり得ますので、認識は読み手に委ねるのが良いと考えています。認識を読者に委ねるのだから、短歌と随筆に優劣や上下はなく対等の表現手段だと思います。短歌を読んであなたがイメージされたことと私の随筆との差異を楽しんで頂けたら幸いです。

〈前書き〉

義弟が早くに亡くなった。彼は心身が虚弱なため、職業の選択幅がなく、趣味に興じることがなく、旅行をすることもなかった。友人と親交を深めることがなく、女性と恋に興じることもなかった。小さな村の生活圏内に留まり、変化の無い日々を過ごし、そして死んでいった彼にとって、人生とは何だったのだろうか。そう考えた時、それでは私の人生はどうなんだろうかとの自問が生まれた。そこで、私のこれまでの人生を振り返って、感動したこと、楽しかったこと、悲しかったこと、悲嘆したこと、辛かったこと等を文字化してみようと思い立ちました。自然現象や社会事象の描出及びそれらを観る私の視点を表現する（静止描写）だけでなく、動きや時間の経過（動画描写）及び私の心の呟きも表出したいと思い、表現手法を短歌に託してみることにしました。短歌の心得が皆無の私にとって、短歌は心地良いリズムを提供してくれる短詩との認識です。前句（五・七・五）は、自然や人々の営みなどの事象を捉えることを中心に、後句（七・七）ではそれに対する私の感覚・感情・認識・思考・判断・共感・反発・行動等を中心に、全体として調和するように心掛けて詠みました。

短歌によって、ある程度外界や内面を詠えるようにはなりましたが、なお三十一の文字では私の表現力に限界を感じました。短歌によっても、読み手の感覚や想像力に頼らざるを得ない部分があまりに大きいため、私の思いをより表出できるように掌編随筆（以下「随筆」と言う）によっても表現してみようとの思いが沸き起こりました。そこで、一つの事柄に対して短歌と随筆の二手法で表現することにしました。短歌と随筆は時に、協調し合い、反発し合い、補足し合い、互いに刺激し合って、拙い私の表現力を少しはカバーすることができるようになったと思います。

目次

浪漫の吊り橋

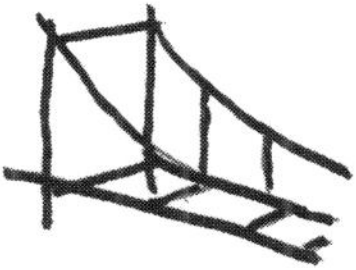

〈天使の梯子〉

宍道湖を　暗雲立ち込め　迷い舟
天使の梯子を　彩龍が昇る

仕事と人間関係に疲れて島根への旅に出た。人から隔離された空間に逃げ込みたくて、一人、小舟で宍道湖を漕ぎ出した。湖の中程まで来た時、湖面が大きく波だっているのに気付いて空を見上げると、一面が暗雲に覆われている。辺り一面が真っ暗になって、出発した場所を見失ってしまった。帰り着けない最悪の事態が頭をよぎった時、覆っていた暗雲の一ヶ所が開いて、一筋の光が射し込んで湖面にまで達した。『天使の梯子』その梯子を天使が降りて来るのではなく、黒雲の塊が、太陽に輝く彩雲の龍となって、天に向かって駆け昇っていった。龍が雲の上に消えると雲が切れ、青空が現れて湖面が明るくなった。波も穏やかになって、私は港に向かって漕ぎ出すことができた。私の中のわだかまりが薄れ、悩みを吹っ切れる自信が湧いてきた。

（宍道湖にて）

〈煌めく天の川〉

煌めきが　手を携えた　天の川
湖漕ぎ出で　銀河を渡る

宿の窓が驚くほど明るいので、満月かと思って戸外に出た。空に月はなく、星明りだけで輝いている明るさだった。星の一つ一つが煌《きら》めき、煌めきが重なり合って大河を成している。天の川を点の集まりと思っていた私は、想像を超える星の大きさと光の量に驚き、茫然と立ち尽くしていた。木々の葉、砂利道の小石、手の指紋までもが星の明かりでくっきりと見える。感動で全身の鳥肌が立ち、興奮で心臓が動悸を強める。心を鎮めるようにゆっくりと砂利道を歩き始めたが、この星の光を浴びている限り歩き続けなければならないとの使命感に突き動かされ、中綱湖畔から青木湖の船着き場まで来ていた。繋いであったボートを漕ぎ進めると、湖の星影が波に揺られて光り、小舟で銀河を漕いで渡っている気持ちになる。湖の中程まで進んで漕ぐのを止めると、湖に空と同じ天の川が横たわっていた。このまま空と湖の天の川を眺めて、夜明けまで小舟に留まっていよう。

（中綱湖・青木湖にて）

〈恋蛍〉

弧を描き　上に下へと　舞う蛍
結ばれたくば　この手に止まれ

曽爾高原への入り口に架かる吊り橋「かずら橋」から下を流れる青蓮寺川に眼を凝らすと、数十匹の蛍が川面から橋の高さの間を飛び交っている光景が目に飛び込んでくる。二匹の蛍が一定の距離を保ってひときわ強く点滅しながら上に下へと弧を描くように飛び交っている。お前達は短い命の合間にも愛を確かめ合っているんだね。結ばれたくなったら私の手に止まりにおいで。二人が結ばれるまで手を動かさず、じっと見守ってあげるから。

（青蓮寺川にて）

〈月うさぎ〉

すすき野に　遊びに来るや　月うさぎ
　　雲の階段　白銀の穂道
すすき野に　遊びに来るか　虹の橋
　　兎飛び去る　月の寂しさ

十五夜の月が、倶留尊山に昇って、曽爾高原のすすき野に光を注ぎ始めた。徐々に月の光が私達に向かって伸びてくる。濃紺の空に綿雲が階段のように浮かび、虹が架け橋になって、月と雲と倶留尊山が繋がる。そして、倶留尊山から私達の処まで月光に輝く白銀のすすきの穂道ができる。月に住む二羽の兎が私達と遊びたがっているのだろうか。月から降りておいでよ。四人ですすきの海原を駆けて遊ぼう。でも、兎がいなくなると月が寂しがるだろうか。

（曽爾高原にて）

〈青苔のわらべ地蔵〉

青苔の　もとに生まれし　わらべ地蔵
　胸に懐いて　三尊参り

晩春の京都大原三千院を訪ねる。宸殿から往生極楽院への石畳みを挟んで、一面の青苔に杉や檜などの木が青緑に染まって立ち、古色古香な青緑の空間を形造っている。青苔に覆われた手のひら大のお地蔵さんが此方を向いて微笑んでいらっしゃる。苔の中から生まれてこられたような穏やかな姿をされていて、「抱いてごらん」と仰っているように感じ、思わず抱き上げてしまった。どうしたものかと迷った挙句、散歩されるのも良いかと考え、お地蔵さんを両腕に懐《いだ》いたまま往生極楽院に上がる。お地蔵さんを胸に掲げ、阿弥陀三尊像の前に正座すると、両菩薩が身を乗り出して笑っていらっしゃるように思える。観音菩薩の姿を真似て、私の膝を蓮台の代わりにして地蔵さんを両手に抱いて大和座りする。罰当たりな行為に違いないが、ほんわかとした心地に包まれ、微かに極楽気分を味わうことができた。勿論、お地蔵さんは元の場所にお返ししました。

（大原三千院にて）

〈氷雨降る當麻寺〉

蓮に降る　絹の竪琴　氷雨の音
　曼荼羅を織る　姫の機音

当麻寺中之坊の名園・香藕園の心字池に佇んでいると、重い灰雲から滴り落ちるように雨が降り出してきた。竪琴の絹の細い弦を思わせる白い錦ビー玉のような雨粒の糸。氷雨が筋を引いて蓮の葉に落ち、小さな水玉が白色から透明に変化しながら表面を流れて、葉の根元に大きな水玉を型作っていく。二上山の麓の當麻寺に、尼僧となって入山した中将姫が、蓮の茎から細い繊維を縒った蓮糸で當麻曼荼羅を織り上げたと伝えられている。氷雨が蓮の葉に落ちる音が、中将姫の織る竪琴のような機音《はたおと》と重なる。世間から取り残されたような古色蒼然とした庭空間は、気紛れに時を越える。

（當麻寺にて）

〈夕映えの二上山〉

山峡に　沈む赤橙　夕陽萌え
　二上眺めた　皇女が愛し

母の十三回忌を終えた秋分の日の夕方に三輪山に登る。西方を眺めると、二《ふた》上山《かみやま》の雄岳と雌岳の山峡《やまかい》に、赤橙《せきとう》色の夕陽が、辺りの空を柔らかい赤橙色に染めて沈んでいこうとしている。雄岳には、謀反の罪を被せられて自害した大津皇子の墓がある。弟を亡くした姉の大伯皇女が「二上山を弟と思って眺めるほかなくなってしまった」と悲嘆にくれる短歌を詠んでいる。大切な人を亡くして眺める夕映えの二上山はこんなにも哀しく美しいものなのか。愛する弟を亡くして二上山を眺めた皇女が哀れで愛《いと》おしい。

（三輪山にて）

〈源平枝垂れ桃〉

不退寺の　源平桃の　色競い
屏風岩を　義経駆ける

不退寺の源平枝垂れ桃は、一本の大木に白・紅・紅白絞りの三色の花が咲き誇る。年によって三色の割合が変わるので、今も白旗の源氏と赤旗の平氏が競い合っているかのよう。今年は白色の花が優勢。不退寺の後方に屏風を立てたように屹立している岩壁の屏風岩が眺められる。源義経が鵯越の逆落としならぬ屏風岩の逆落としによって、源氏の白旗を優勢に導いたのだろうか。春のうららかな日差しの下に佇んでいると、時と場所を超えて夢が膨らむ。

（不退寺にて）

〈二上山のかささぎの橋〉

二上の　馬の背隠す　霧雲を
翼で結ぶ　かささぎの橋

二上山の裾野を霧雲が漂い、緑と白のコントラストが描く山間の風景は、長閑で神々しくもある。自然が織りなす景色は、人間社会の煩わしさや疲れを忘れさせ、ひと時の安らぎを与えてくれる。暫く眺めていると、霧雲が二上山の間を上昇して、雄岳と雌岳を結ぶ馬の背を隠してしまった。二上山の雄岳と雌岳がそれぞれ独立峰に見える。その様子は、天の川で引き離された織姫と彦星を彷彿させる。七夕の日だけ、かささぎが天の川に翼を広げて二人を会わせてあげると伝えられている。願わくば、二上山でも、かささぎが翼を広げ、馬の背を隠す霧雲の架け橋になって、雄岳と雌岳を結んであげて欲しい。

（二上山麓にて）

〈二上山の実葛〉

二上の　双耳峰に咲く　実かずら
山峡見詰め　七夕待つや
山峡を　見詰め咲き合う　実かずら
身を捻らせて　カササギ待つや

二上山の雌岳に葉腋から垂れ下がった花柄の先に淡黄色の小さな花を咲かせた実葛《さねかずら》がひっそりと立っている。山峡《やまかい》を挟んで、双耳峰のもう一方の雄岳には、小さな花の中央に紅色の球状の花柱が突き出た実葛が寂しそうに立っている。雌雄の実葛が、馬の背を挟んで、結ばれない愛に悶えるように身を捻っている。その様子は、天帝の怒りによって引き裂かれた織姫と彦星の物語を彷彿させる。織姫と彦星は、七夕の夜だけ、天の川をカササギの翼に乗って渡り、逢瀬することが許されているという。二上山の雌雄の実葛も、七夕の日には、霧雲漂う山峡をカササギに乗って渡り、結ばれて欲しい。（二上山にて）

〈波の襞〉

夕凪に　水切り競う　少年の
弾ける声を　こだます波襞

夕凪に、水平線からやって来るさざ波が淡橙色に輝き、少年二人の姿がシルエットと化し、影絵になって波打ち際を散歩している。少年の一人が、屈んで小石を拾うと、アンダースローで海に向かって投げた。小石は海面を一、二回と跳ねて海中に沈んでいった。もう一人の少年が同じように投げると三回跳ねた。次は超えるぞと、二人が夢中になって投げ合い、記録を破るたびに大声ではしゃぎ合っている。堤防に座っている私の所に、少年の弾ける声の後に、白い波襞《なみひだ》がさざ波の音と一緒に少年の声をこだまして運んでくる。雑念の世界から無畏の世界へと私の意識が遠ざかっていく。

（中林海岸にて）

〈海のバージンロード〉

昏れなずむ　渚に遊ぶ　恋人に
夕陽へ続く　赤い絨毯

渚に寄せては返す波に合わせて、恋人二人が、手を繋いで波打ち際を進んだり後退りして、子供のように戯れている。この楽しい時間がいつまでも続くことを信じている幸せそうな顔が、薄暗い光の中で輝いている。空に立ち込めていた雲が、水際から上がり始め、青い空が明けると同時に、真っ赤な夕陽が水平線の上に顔を出した。途端に、夕陽から二人に向かって真っ赤な光の道が水面を伸びてくる。夕陽が、海に浮かぶ赤い絨毯のプレゼントで、二人を祝福しているかのよう。二人は、夕陽に向かって赤い絨毯を歩もうとするように、腕を絡ませて波際に立っている。一枚のほんわかとしたパステル画を眺めている時のように、ゆっくりとした時間が流れる夕暮れのひととき。

（夕日ケ浦にて）

景観のケーブルカー

〈和みの蝋梅〉

雪緩む　光の春に　香り立ち
広野和ます　蝋梅つぶら

※広野《こうや》：一面が雪で覆われた平原。

雪が全ての光を反射させる銀世界から小さな雪粒の白い世界に変わる「光の春」。安曇野の広野を覆うように甘い香りを一面に漂わせる蝋梅の花。蝋をかけたような鈍い光沢にも拘らず透けるような質感を持ったつぶらな黄色い花が咲く姿は、奥ゆかしく、愛おしい。晩冬の数少ない虫達が甘い匂いに誘われ、可愛い黄色の花に導かれてやって来ている。寒さが綻び、厳しい冬に耐えた生き物達が春を迎えて動き出す光景を眺めていると、心の芯にほんわかとした火が灯り、世界が和む心地する。

（安曇野にて）

〈福寿草の暖〉

たおやかな　光の春を　掻き集め
いのち育くむ　福寿草凛々し

蝋梅の木の下に目を移すと、残雪の合間に福寿草が一輪花を咲かせている。「光の春」のたおやかな光を受け止めて、凹面鏡のように咲く花冠が光を集め、花中に「気温の春」を造り出している。春の光に飛び出した慌てものの虫が、寒さに震えながら温もりを求めやって来ている。香りも蜜も持たない福寿草が、我と生き物を育くむ方法として、光を集めて暖を造り出している様は凛々しく思える。容姿、声、頭脳に取り柄のない人が、心の温かさで人に好かれる人間模様が連想され、誰もに生きがいの手立てがあるのだとの思いに、心癒される。

（安曇野にて）

〈紅枝垂れ桜〉

陽光を　透かして華やぐ　紅枝垂れ
　淡紅に染まる　真白きうなじ

坂を登ると、小高い丘が桜の木で充ちていて、思い描いていた可憐な枝垂れ桜とは違っていた。大木の紅枝垂れ桜の下に立つと、被さるような桜木に覆われ、青空が遮られて霞の中に居るよう。光を遮った分、桜の花弁が陽光を受けて華やかな淡紅《うすべに》色に輝いている。世俗を離れた別世界の桃源郷ならぬ桜林に囲まれた桜源郷に居る心地がする。真珠が光の当たる角度によって色を変化させるように、枝垂れ桜の枝が風に揺れると、花弁に当たる陽光の角度が変わって、可憐な花弁が紅色と白色の間で色と輝きを変化させる。桜花が光を浴びながら優雅に舞っている光景に、言葉に出来ない感動を覚える。感動を抱いたまま目を横に移すと、紅枝垂れ桜の花を通して射し込む光が貴女の白いうなじを紅く染めている。紅枝垂桜に負けない貴女の色香を感じて、私の胸がときめく。

（原谷苑にて）

〈剛柔の奥入瀬〉

奥入瀬の　母なる泉　十和田出で
早瀬大滝　超えて穏やか

十和田湖から流れ出る川は奥入瀬川のみで、十和田湖は奥入瀬川を生み出す母なる湖。子ノ口から流れ出た水は、阿修羅の激流を下り、銚子大滝の魚止めの滝を超えて、雲井の滝と合流し、石ヶ戸の穏やかな流れに至る。石ヶ戸の苔むした岩、柔らかな木々の緑、優しい木漏れ陽、足元のせせらぎは、誰をも安らぎと感動に導いてくれる。自然も人も、困難や苦しみや喜びを経た道を歩んで穏やかになってこそ、自己の充実と人に穏和な感動を与えることが出来ることを教えてくれている。

（奥入瀬にて）

〈畦の菫〉

天を射る　根上松に　驚嘆も
畦に密かな　菫を愛す

兼六園は霞ケ池を中心にした回遊式庭園。春の桜、夏の杜若、秋の紅葉、冬の雪吊りと四季折々の自然を楽しませてくれる。十五メートルの高さを誇る根上り黒松は、太い根を地上に盛り上げて、天を射るような迫力ある奇観を呈して、訪れる人を驚嘆させる。しかし、若葉の頃の風景にはいささか仰々しい。曲水の杜若の深い色鮮やかな青色の花の中央の真っ白な剣模様が、寂しさに沈む私に幸運の訪れを予感させてくれる。しかし、一人旅の私には、田んぼの畦に早苗に遠慮するように密かに咲いている菫の花が相応しくて、愛おしい。

（兼六園にて）

〈青楓の香り〉

池を渡り　田畑横切る　青楓の
風の香りに　しばし休まん

千入の森にある楓の香りが、春風に乗って、苗が植わっている井田を横切り、沢の池を渡って延養亭まで運ばれてくる。この風の香りは、楓の小さく咲く紅紫の花の香りか、それとも木の香りだろうか。頬を掠める青楓《せいふう》が、幼い頃に森に入って若葉を拾った頃を思い出させる。軒先に座って、池の周りに広がる庭を眺めながら、暫し幼い頃の思い出に耽っていよう。

（後楽園にて）

〈屏風岩と山桜〉

淡紅と　赤紫が　萌える森
屏風岩と　柔剛の調べ

屏風岩は、二百メートルの高さの柱状節理の岩壁が二キロ続く垂直断崖をなしていて、壮観である。麓の公苑には樹齢百年を越える大木の山桜二百本が聳え立っている。春になると、山桜の淡い紅の花弁と赤紫の若葉が重なり、薄紅色の霞の森を作る。公苑の南端から眺めると、屏風岩の柱状節理の剛と霞の山桜の柔が調和して、壮観な世界を醸し出している。前方から眺めていると後方からも眺めたくなり、左側から眺めていると右側からも眺めたくなり、公苑内を徘徊するはめになる。壮観とは、どこからでも眺めたくなる景色と教えられた。

（屏風岩公苑にて）

〈靄る山ツツジ〉

橙赤の　絨毯を織る　山ツツジ
　萌える息吹に　心を紡ぐ

大和葛城高原の頂上眼下には「一目百万本」の自生つつじの群生が広がっている。深紅や桃色・橙色のツツジの花を紡いで織り上げた絨毯が山の斜面を覆っているよう。ツツジの花が呼吸をしているように小刻みに震えて、山全体が橙赤色《とうせき》に靄って見える。ツツジの萌える息吹を五感で感じていると、私とツツジの鼓動が縦横に重なり、紡がれて、同じ空間に生きている生命の嬉しさに心が躍る。

私が学生時代に登った時は、斜面に笹が生い茂って、高原一面が黄緑色だった。五十年程前に一斉に笹が枯れて、真っ赤なツツジの花が突然現れ、地元の人が火事と勘違いして大騒ぎになったという話を、茶屋の人から聞いたことがある。驚くべき愉快な歴史を持つ愛すべき山。

（大和葛城にて）

〈白い狭間を越えて〉

青い空　碧い海へと　音が去り
白い狭間を　無為の世界へ

雲のない昼下がり。頭上の勿忘草色から東に向かって、紺碧、青藍へと色を変える空。その空を映すように、渚の花浅葱色から水平線に向かって、薄藍、藍へと色を変える海。風の音が空に消え、波の音が海に消え、白い綿紐を這わしたような空と海の狭間を視線が通り抜けた時、人間世界の様々な縛りから身体が解放される。魂が大地から空へ駆け抜けた時、自由と安らぎに心が包まれる。感じると同時に感じない、感じないと同時に感じる。存在すると同時に存在しない、存在しないと同時に存在する。無為なひと時。宇宙との会話を終えると、鼓動が穏やかに刻み始める。

（足摺岬にて）

〈帯を結んだ小豆島〉

白浪で　帯を結びし　小豆島
今朝の目覚めは　オリーブの香り

夜明け前に目覚めると、微かにオリーブの香りがする。部屋の中を見渡してもオリーブは見当たらない。目覚めたのを機に風呂に入ることにする。薄明かりの中、海を臨む露天風呂に浸かっているとオリーブの香りがする。そうだ、対岸は小豆島なんだ。部屋でオリーブの香りを感じたのは、小豆島からの風に乗って運ばれてきて、部屋まで届けられた香りに違いない。小豆島に打ち寄せるさざ波が、月の光を受けて、海面に白く輝く模様を描いている。その姿は小豆島が白い帯を結んでいるように見える。ほんわかと幸せを感じるひと時。

（赤穂御崎にて）

〈天橋立股のぞき〉

白砂に　遊ぶ童子を　股のぞき
　　飛龍の背中で　戯る勇者

初冬の小春日和に、天橋立砂州の東側の白い砂浜を、童子《わらべ》が駆けたり、立ち止まって貝殻を拾ったりしている。天橋立を南側から展望できる文珠山に登ると、眼下に白砂青松の長大な砂州の景観が広がる。天橋立を背にして立ち、屈んで股のぞきをする。空が海になり、宮津湾と阿蘇海が空になって、天橋立の砂州が、龍が空を飛ぶ景色に変わる。暫く眺めていると、白砂を駆ける童子が龍の背中《せな》に乗って戯《たわむ》れ遊ぶ勇者に見えてくる。股のぞきで頭に血が上って、龍に跨る『龍の小太郎』の映像が頭を駆け巡る。脳内が龍の小太郎に感化され、空想の世界に入り込んでしまったのだろうか。酔ったように頭がくらくらして笑えてくる。

（天橋立にて）

〈無双の千畳敷カール〉

裸岩壁　花の圏谷　悠久の
時が刻んだ　氷河の里

氷河に削り取られた剥き出しの強大な岩石が、急峻な裸岩壁《らがんぺき》を型造り、お椀の底のような緩やかなU字渓谷に、シナノキンバイ、シモツケソウなどの高山植物の花が圏谷《けんこく》の花園を形造っている。人の目では大きさを計り切れない雄大な景観をなす千畳敷カール。この深遠な風景を眺めていると、氷河に覆われた太古から悠久の時を刻んで作り上げられた壮大なドラマに想いが馳せる。青空が途切れたかと思うと、瞬く間に雲が湧き上がって辺り一面が真っ白な世界に閉ざされた。暫し時間と空間が停止する。やがて雲が去ると、目の前に出現した白や黄色やピンクの高山植物の花園に息を呑む。暫く眺めていると、眼前の花園と氷河の姿が重なって、頭の中に広大な氷河の花園が出現する。時を超えた天空の花園を暫し心で遊ぶ。

（千畳敷カールにて）

〈七彩の黒部渓谷〉

トンネルを　抜けて眩ゆい　黒部ダム
　立山連峰　支えて悠然
峡谷と　解け合い映える　アーチダム
　錦の湖上　放水の虹

関電トンネルの長い暗がりから解放されると、目が眩むような光の中に放たれる。黒部川を塞き止めた大きな黒部ダムが立山連峰を支えるように悠然と構えている。ダムの放水口から大雨の後の瀑布のような水が放流され、大量の飛沫が太陽の光を受けて、輝き続ける七色の虹を描いている。時に風に乗って飛沫が降り注いできてヒンヤリするなか、街中なら何の魅力もないコンクリートの塊の構造物に過ぎないものを、大自然の懐に造られたアーチ型造形美のダムと放水口から噴き出す水の流れを私達は感動の眼で見詰めている。ダムの堰堤に立って、立山連峰の空の藍鉄、冠雪の白、紅葉の赤・黄・橙、樹木の緑、湖のエメラルドグリーンの七彩の悠々とした渓谷を眺めていると、自然の懐に抱かれている自分の存在を感じ、我も地球の小さな一員であることが知覚され、我が身を自然に委ねる安らかさが心地良い。

（黒部ダムにて）

〈松帆の夕陽〉

黒雲から　鮮橙夕陽　溢れ出で
此岸彼岸を　赤橙に染む

淡路島最北端の松帆の浦の海岸に立って播磨灘上空を見上げると、客席の電気が消えた舞台に緞帳が降りているように、真黒な雲が瀬戸内海の上空を覆っている。日没前にも関わらず海に届く光はなく、海面は黒く沈黙している。暫くすると、緞帳が開くように黒雲が上がって青い空が顔を出す。隠そうとしても隠し切れないのか、雲の裾から鮮やかな橙色をした太陽が溢《こぼ》れ出て来た。鮮《せん》橙夕陽《とうゆうひ》を受けて、雲と海の間の空間が赤橙《せきとう》色に染まっていく。赤橙色の空間は地球に留まらず宇宙空間まで続いているように思える。地球世界の此岸《しがん》は勿論、宇宙を超えた死後の世界の彼岸までも赤橙色に染めるかのよう。人類が生まれる以前の深遠の暁紀から変わることがないだろう太陽の鮮橙の輝きを眺めていると、感動で眼の奥が熱くなり、自然と目頭に涙が滲み出てくる。

（松帆の浦にて）

〈富士の曼珠沙華〉

紺碧の　空を突き刺す　富士の山
　　冠雪待つか　曼珠沙華

紺碧《こんぺき》の空を突き刺すような、雄大な姿を見せる富士山。裾野には富士に向かって咲いている真っ赤な曼珠沙華。遅くに咲く曼珠沙華は、富士山が冠雪するのを燃える想いで待っているのだろうか。富士山が冠雪する時には、お前はもうこの世界には居ないだろう。男女の仲も、どんなに相思相愛であっても、結ばれるタイミングを違えると寂しく終わってしまうものです。今日だけでも冬将軍がやって来て、曼珠沙華に富士の冠雪を見せてあげて欲しい。そして、恋人達には少しでも多くの結ばれる機会があって欲しい。
（富士山麓にて）

〈すすきの白波〉

すすきの丘　夕陽に輝く　黄金色
眺めて透ける　寄せる風波

秋の曽爾高原を訪れて、倶留尊山の麓に広がるすすきに埋め尽くされた山道を歩く。どこまで歩いてもすすきが途切れることがない。この単純とも思えるすすきの白帆の海原にこそ感動する。昼過ぎに倶留尊山に登り、帰山して心地良く疲れた頃、日が西に傾いて、夕陽が赤く輝くと、すすきの海原が黄金色に染まっていく。黄金色の穂が、波が寄せるように輝きを変化させる。すすきが波のように動くのを眺めていると風が見えてくる。私の悩みの元も見えてきて、波が引くように悩みが去っていく。

（曽爾高原にて）

〈青沼の縞模様〉

もみじ葉の　マヤブルーに咲く　白い花
心を洗う　神秘な調べ

五色沼は、磐梯山の爆発噴火によって川が堰き止められて造られた数十の湖沼群。「桧原湖」から磐梯山の爆裂口の茶色い山肌カーブを驚嘆と不思議な思いで眺めながら、五色沼に踏み入る。紅葉に囲まれた散策路を、落ち葉を避けながら歩くと心が弾む。楓や漆の鮮やかな赤を鏡のような水面に映す「柳沼」を覗き見しながら進むと、藍染の薄く明るい青色をした「青沼」が見えてくる。沼の辺りに立つと、青色と白色が混ざったマヤブルーと湖底にウカミカマゴケの緑のマットを敷いたコバルトブルーの縞模様が目を惹きつけ、鮮やかに澄んだ青の調べに心が洗われる。水面に垂れ下がって白く葉先が変色した花模様が、湖面に映った白い花模様と、風に揺れて握手する風景に魅入っていると、時を忘れる。瑠璃色に輝く「るり沼」、コバルトブルーの「弁天沼」、褐色と淡い緑色の「竜沼」、乳白の黄緑色の「みどろ沼」、淡い緑色なのになぜか「赤沼」、コバルトグリーンの「毘沙門沼」。様々な青色と沼の名の由来を想像して楽しんで歩く。様々な色を見せる沼を渡り歩いていると、様々な心の垢が洗い流される。天候、季節、温度によって様々な色と表情を見せる五色沼。違った季節に是非再訪したい。

（五色沼にて）

〈イチョウの発現〉

通い路の　こんなところに　銀杏の木
秋旻を突く　黄金の剣

いつも通る川沿いの緑の片並木の見慣れた風景の中に突然、爽やかに澄み渡った秋の空（『秋旻《しゅうびん》』。）を突き刺す剣のように、金色に輝く大木がそそり立っている光景に驚かされる。「あっ、こんな所に銀杏の木があったんだ」いつもは樹々の中に埋没している銀杏の木が、一年に一度だけ黄金の輝きを放って、存在を主張する。普段は皆に隠れて目立つことがなくても、いざという時には輝ける、そんな銀杏の木のような人間でありたい。またたとえ、社会で輝く機会がなく人生を終えることになろうとも、心には輝きを持って生きていきたい。

（柏原市にて）

〈散り紅葉〉

苔の上　流れる錦　散り紅葉
　梢を離れ　集い華やぐ
苔覆う　錦の絨毯　散り紅葉
　名残の一葉　落ちて冬籠り

透き通る秋光を背から受けて、真紅の光を庭園に届けて輝く照紅葉。紅葉に包まれた小さな庭園に足を踏み入れると体も心も赤く染まり、訪れる人を落ち着きと少しの高揚が包む。後日、庭園がどんな景色に変化しているのか知りたくてやって来た。苔の上を絨毯を敷き詰めたような紅葉が覆っている。梢から紅葉が舞い落ちると、流れる錦の模様を描いて、輝きをなくすどころか集《つど》って華やかさを増して、更に人を感動させている。折り重なる紅葉と隙間から顔を見せる緑の苔のコントラストが心に染みて、和の美の極致の情景に見惚れる。瞼に残った紅葉の川に惹かれて、再度訪れる。鄙びた門に立って目に入ってきたのは、数枚の葉をやっと保って幹や枝が寂しげに佇んでいる光景。暮れかかる空を背に、梢に残って色を無くした最後の一葉《ひとは》が散ると、錦の川の流れが止まり、散り紅葉も、紅葉の木も、苔も、寺全体が冬籠りに入る。(宝筐院にて)

〈月の富士巡り〉

新雪の　雪より白い　富士の月
八峰巡る　月の足跡

富士山の山頂に登った初冬の月。青白く澄んだ月が、富士山の真っ白な新雪の照り返しで更に白く輝いているように思える。神々しいまでの月が富士山の八峰を光と影を創りながら移動していく。その様子は、月が八峰を巡礼しているかのよう。私は、寒さも忘れ、感動に震えて立ち尽くしていた。私も明日は富士八峰巡りをしよう。身体も心も真白くなれればいいな。（富士山麓にて）

〈澄み渡る北アルプス〉

澄み渡り　濃紺を超え　距離もなし
北穂に佇み　槍を登らん

三月の厳冬。前夜の吹雪が止み、雲一つなく晴れ渡る。見上げると、空が濃紺を超えて、漆黒に見えるほどに色が無い。異空間の世界に迷い込んだような驚きに胸が高鳴る。北穂高岳から北に眼をやると槍ヶ岳が目前に迫ってくる。近いのか遠いのか全く距離が掴めない。眼の前を登山者が槍ヶ岳登頂に挑んでいるように目に映る。登山者の荒い息遣いまでが聞こえてきそう。北穂高岳に佇んで槍に登るような不思議な感覚に戸惑う。空気が澄み渡る体感を心に深く刻んで山を降りる。

（北穂高岳にて）

〈氷の摩周湖〉

摩周湖の　凍れる調べ　崖を登る
白い化粧に　隠れた素顔

真冬の摩周湖を訪れた。切り立った崖の下に凍った摩周湖が望められる。湖が凍って霧が作れないのか、霧の摩周湖に霧一つない。湖面を渡る風が、湖氷で音を作り、崖を駆け上がる谷風に乗って、不思議な鳳笙《ほうしょう》の調べを届けてくる。氷の白い化粧が蒼い摩周ブルーを隠し、白い世界が一面を覆っている。霧がなくて摩周湖全体を見渡せる嬉しさと、蒼ではなく白一色の世界を眺める少しの無念さが交錯して、暫し立ち尽くす。湖を眺めていると、嘗て見た蒼い摩周ブルーと眼前の氷の摩周湖が頭の中で交互に現れる。現在と過去の思い出の間を夢のように行き来して楽しむ。私の横で黙って同じ景色を眺めている貴女は、天から差し込む光柱と鳳笙の音色に聞き入っているのだろうか。二人が見える世界は違っていい。貴女が傍にいるからこそ、私の心は自由に空間と時間を超えることができる。

（摩周湖にて）

〈北山杉磨き〉

杉磨く　里女の手の平　赤み差し
白き滝砂　丸太の琥珀

北山の里の清滝川沿いでは、厳寒期に、磨き台に北山杉の皮を剥いだ丸太を乗せて、菩提の滝壺の砂で手磨きする丸太磨きが行われている。北山の里女《さとめ》が滝砂を両手に付けて、丸太を柔らかな手捌きで磨く。里女の白い手が、作業のためか寒さのためか、赤みを帯びている。磨かれるにつれて、北山杉が滑らかな表面をした黄色味を帯びた光沢のある白い艶麗な姿を現わす。里女の手の薄紅色と滝砂の白色と丸太の琥珀色に、北山杉に囲まれた里の悠久の歴史が垣間見える。寒さに震えながらも、いつまでも眺めていたい里山の風景がここにはある。

（北山の里にて）

〈屯鶴峯で鶴探し〉

朝陽浴び　輝く白い　縞模様
屯鶴探して　夕陽が沈む

丘に屯《たむろ》している鶴が見れるのを期待して、初冬の夜明け前に屯鶴峯《どんずるぼう》を訪れる。朝陽が射し込む時にこそ鶴が見られるのではないかという期待を抱いて、東の斜面に登って夜明けを待つ。東の空が明るみ出し、やがて西斜面に日が射すと、複雑な凝灰岩の地層が白と灰色の縞模様を描き出す。しかし、鶴は見当たらない。太陽の動きに合わせて屯鶴峯の縞模様が変化していく。太陽光の角度によっては鶴が見られるのではないかと期待して待つが、一向に鶴は現れない。二上山から眺めれば見つかるかもしれないと雄岳山頂に登って丘の上を探すが、鶴は見つからない。日が西に傾きかけた頃、屯鶴峯の西斜面に登って鶴を探すが、東の白い斜面が夕陽に紅く染まっているだけ。鶴は何処に居るのだろうか。何処かの空へ飛んで行ったのか？　私の想いが足りないのか？　それとも、昔はここに松林が繁っていて、木々の間から見える光景が鶴の群れがいるように見えたのだろうか。鶴探しの無意な時間が心地良い疲れで終わりを告げる。

（屯鶴峯にて）

ほっこり囲炉裏端

〈鶯の初音〉

鶯の　初音凍れる　今朝の寒さ
早きも遅きも　寂しかるらん

早春の朝、鶯が、我が家の庭にやって来て、一声。しかし、寒さに声が震えて上手くさえずれない。その声は寒さに凍ってしまったように、空に響くことなく消えた。誰よりも早く春の訪れを教えてくれるのは嬉しいけれど、さえずりに応える仲間もいず、鳴き声が途切れた時、静寂だけが辺りを漂っているのはさぞ心細かろう。逆に、遅くやって来て、振り向く者がいないのは寂しいものです。人間も同じで、周囲や社会に先んじ過ぎるため受け入れてもらえない場合や遅過ぎたために無視されるのは、とても悲しいものです。何事も中くらいにいるのが心地良いものです。しかし、先んじる人がいるから進歩があり、遅い人がいるから確認して次へと進めるのです。早過ぎる人も遅過ぎる人も大切にして、社会全体が優しく穏やかであって欲しいと願います。

（柏原市にて）

〈鶯のさえずり〉

鶯の　さえずり宙を　澄み渡る
喜怒哀楽も　今朝はごはさん

早朝に鶯が庭の木に止まって、ホーホケキョと囀《さえず》っている。澄んで冴え渡った声は、狭い庭に留まらず、宙《そら》にも届かんばかりに響き渡っている。その声に聴き入っていると、胸内のわだかまりや蓄積された濁りが吐き出され、無垢な幼子の心になっていく。生きることはストレスを抱え込むことになりますが、鶯の声を聴いて、時には喜怒哀楽を捨て去り、頭をリフレッシュして、無垢の世界に安らぎたいものです。

（柏原市にて）

〈季がこぼれる〉

ほろほろと　季がこぼれる　梅の花
メジロと見合って　照れ笑いあう

早春の朝、住宅街を通り抜けて小高い丘に登ると、山間の小さな街が一望できる。疲れた脚を休めるため、壊れかけの木製ベンチに腰掛けると、目線の先に千鳥枝垂梅が可愛く七分に咲いている。抱え咲きの千鳥枝垂にとっては今が満開の季《とき》なのだろうと眺めていると、花弁がホロ・ホロと舞うようにこぼれ落ちている。もう梅が散る季節が来たのだろうかと不思議な気持ちで凝視すると、湾曲した枝の花弁の陰に濃い緑色をした小鳥の背が見え隠れする。小鳥が顔を上げると、目の周りが白い刺繍で縫い付けたような羽毛で覆われている。メジロだ。メジロが首を持ち上げて、顔を横向きにして此方を見詰めている。花弁がこぼれ落ちたのはメジロが枝の上でホッピングしたためだろう。私が自分の推測が間違っていたことに照れ笑いすると、メジロも花を散らして私を驚かせたのを照れ笑いするように首を傾けている。二人の視線が合い、暫く見詰め合う。緊張が解けるとメジロは飛び去り、私一人が取り残された。私は戸惑いの隙間を埋めようと、春を迎える遠方の山に目をやる。（柏原市にて）

〈小鹿のお尻〉

母鹿に　押され泣き出す　幼児に
寄り添う小鹿の　お尻がハート

浅茅ヶ原園地では、木陰に座って寛ぐ鹿や日向を散歩する親子鹿が気儘に過ごしている。幼児《おさなご》が鹿にあげる鹿せんべいを持っているところに、親子鹿がやって来て、母鹿がお辞儀をする。幼児がどうしたら良いのか迷っていると、親鹿が苛立ったのか、鼻で幼児を押した。少しの沈黙の後、火がついたように幼児が泣き出した。すると、親鹿の後ろにいた子鹿が、幼児に寄り添い、つぶらな瞳で幼児の顔をなだめるように見詰めている。小鹿のお尻のハート型をした白い毛が小さくしっとりしていて、幼児を労ろうとしている小鹿の優しいハートが感じられ、幼児と小鹿の二人が微笑ましく思え、見守ることにした。

（奈良公園にて）

〈梅雨の蝉〉

梅雨明けを　待ち切れなくて　蝉時雨
　短い命に　雨思い遣る

梅雨のひと時の晴れ間に、この時とばかりに蝉が鳴き始めた。梅雨が明けたと思ったのだろうか。蝉が鳴き始めると梅雨が晴れると言われているが、天気予報は明日から梅雨空が続くと話している。蝉は雨の日は鳴かずに木の窪みや葉の裏にじっと止まっているという。地中で幼虫として何年をも過ごし、成虫になって地上に出て来てからの寿命は短い。雨が降らず、蝉が鳴ける時間を出来るだけ多く持って、雌とも結ばれて欲しい。「早く天気になぁれ」と思わず口ずさむ。

（柏原市にて）

〈不動の鷺〉

空見詰め　川面に佇む　鷺一羽
身じろぎもせず　故郷や思う

一羽の若い鷺が高野川の川面に佇んでいる。その視線は北山の夕空を眺めたまま微動だにしない。お前にとっては今年が初めての海渡りなんだろうか。故郷を想って、今を忘れているように思える。遠くへ渡ってくることが自分の生き方だと了解して、今居る場所を第二の故郷として楽しんで過ごして欲しい。故郷を多く持つことは人を成長させ、心にゆとりを与えてくれるのだから。

（高野川にて）

〈瀬戸の鳶〉

瀬戸を眺め　鷲の声　下に聴き
　風に戯る　鳶になりたい

鷲羽山から瀬戸大橋や瀬戸内の海や島々を眺めていると、目の前を鳶が飛んでいる。鳶は、麓の木で囀っている鷲の声を下に聴きながら、海から吹き上げてくる風に乗って舞っている。悠然とした姿はとても楽しくて愉快そう。私も鳶になって、これから自動車で渡ろうとしている鷲羽山から聖通寺山までを、瀬戸内の海と島々を眺めながら、のんびりと空の旅をしてみたい。

（鷲羽山にて）

〈安らぎの千年藤〉

訪れる　誰をも包む　千年藤
仏の襞の　下に安らぐ

大歳神社の千年藤を訪れる。一本の藤の木が、花穂が一メートルを超える無数の枝で境内を覆い尽くし、訪れる人誰をも包み込むように悠然と立っている。空を覆うような藤の甘い香りが人々を心の中の花園の世界に導いてくれる。菩薩の衣の襞に包まれたような心地になり、抑圧から解放される安らぎをもたらしてくれる。暫し藤の木陰で襞に包まれて休んでいこう。

（大歳神社にて）

〈桜の下の撮影会〉

花の下　老いも若きも　撮影会
初も最期も　記念の笑顔

親友が癌の悪化により突然亡くなった。突然の出来事だったからだろう、小さな写真を大きく引き延ばしたらしく、遺影の写真の粒子がいかにも荒い。家族の慌ただしさが偲ばれる。斎場で友を見送った後に訪れた長野公園では、桜の木の下で、老弱男女がそれぞれに記念撮影をしている。幼子にとっては初めての記念撮影かも知れない。若者にとっては将来の記念となる撮影かも知れない。そして、老人にとっては人生最期《さいご》の撮影となるかも知れない。私もそろそろ遺影に出来るような花に囲まれた笑顔の写真を撮っておかなければ。終活を視野に、急がず遅れず、ゆったりと生きよう。

（長野公園にて）

〈花の下〉

ぎこちなく　スマホ片手に　見栄を切る
花の下では　千両役者

馬見丘陵公園の花見に行った。若い男性が、右手にスマホを持ち、左手を大きくかざして見栄を切って自撮りしている。かっこ良い姿を女友達に見せたいのだろうが、その動作は吹き出す程にぎこちない。しかし、大きく垂れ下がった桜の花と並んで友人に囲まれていると、華やかな歌舞伎役者に見えなくもない。のどかな春の風景。人は誰もが自分一人ではなく、人や自然に支えられて生きている。

（馬見丘陵公園にて）

〈琥珀月〉

島影を　なぞって和し　琥珀月
心繋がる　母の面影

松島湾の夜空に輝く琥珀色の月が、東から西へと移動するにつれて、月の光が島々の輪郭をなぞっていく。その和《にこ》しい景色は、私の心をなごませ、穏やかな世界に導いてくれる。琥珀の月の優しさが母の面影と重なり、幼い頃に縁側で母の膝上に座って月を眺めた想いが蘇る。温かく爽やかな心に満たされ、幸せを噛み締める時間を楽しんだ。

（陸前松島にて）

〈湯浴み月〉

島影の　波間に沈む　湯浴み月
霾を連れ去り　心も清か

露天風呂に浸かりながら、薄暗くなった瀬戸内を眺めていると、島影と島影の間のさざ波が月の灯りを受けて揺らめき輝いている。やがて、さざ波の輝きが消え、青白かった月が、湯浴みして赤くほてった顔になって、湯煙の向こうの波間に霾を連れて沈んでいった。月も霾も消え去った静寂が、雑念に覆われた私の心を洗い流して、心清《さや》かな境地に導いてくれる。明日からは、今日までの私を脱ぎ捨てて、新たな私になって生きていこう。

（赤穂御崎にて）

〈孫の寝言〉

明日こそは　今日を超えんと　涙ぐむ
孫の寝言に　ハンカチ握る

水泳を習っている孫がコンマ数秒の壁が破れず悩んでいる。疲れて眠りながら「もう少しで記録を切れる。明日こそは今日を超えねば」と涙ぐんでいる。可愛そうでもあるが、こうして頑張ることで成長していくのだと思うと頼もしくもある。私は思わずハンカチを手にした。孫の涙を拭こうか自分の涙を拭こうか。プールで泳いでいるように蹴りあげた布団を掛け直してあげる。頑張れ！　孫よ。頑張れ！　みんな。

（香芝市にて）

〈時が去る〉

明日が今日　今日が昨日と　時が去る
時空を止めて　孫と遊ばん

若い頃は、昨日はあれを成し遂げた、今日はこれを完成し、明日はそれを充実させようと、時間に追われて生きていた。何よりもゆっくり出来る時間が欲しかった。しかし、思い返せば、その時が人生で最も充実した時期だったのだろう。歳を取って、余裕がある筈なのに日々の時間が長く感じられる一方で、過ぎ去った時間の流れるのが早く感じられる。新しいものの吸収が少なくなり、日々の繰り事が多くなったせいだろうか。孫との別離の日も近付いているのだろうが、時間を留めて、少しでも長く孫と一緒に遊べる時間を持って、孫の成長を見守れる日々を少しでも多く持ちたい。

（香芝市にて）

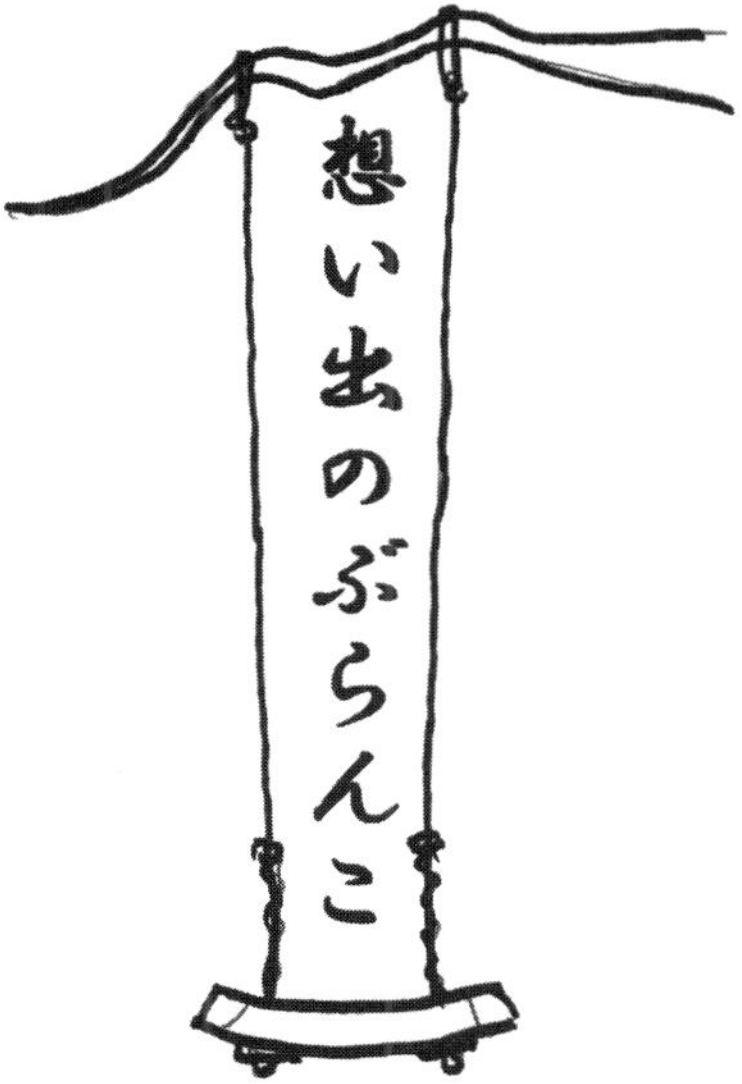
想い出のぶらんこ

〈女将の小紋〉

杯重ね　尽きぬ話に　時が尽き
送る女将の　小紋しなやか

初めて訪れた割烹店。兼六園、加賀友禅、音楽、絵画、世情話、世間話など気儘な話が尽きず、気付いた時は深夜〇時を回っていた。朝まででも話し続けていたかったが、迷惑がられる前に切り上げるのが上策と考え、お邪魔することにした。女将が、外まで見送りに来て、会釈した姿勢で微笑んで立っていてくれる。ネオンが消えた街の三日月の薄明かりの下で、女将の加賀友禅小紋が粋でしなやかな輝きを放っている。心地良い景色に後ろ髪を引かれる思いだったが、女将にいつまでも立ち尽くさせるのはまずいので、次の角を曲がった。

（金沢にて）

〈郡上今昔〉

城下町　一望すれば　お殿様
夜は郡上の　町の踊り子

郡上八幡城の石垣の上から眺めると、青い山、清い川、整然とした街並みのバランス良い景色に感嘆する。この風光明媚な景色を独占していると、八幡城の殿様になった気分になる。夜には、三味に太鼓に笛の音に手拍子と下駄の音が郷に渦巻く郡上踊りが始まる。私達も、見物客から踊り手になり、初めはぎこちなく踊っていたのが、春駒踊りの頃には汗が滴るほど夢中になって踊っている。誰もが場所と時代を超えて、囃子に合わせて一つになって踊っている。殿様よりも庶民であることが幸せに感じられる。特別ではなく誰もが楽しめることが良い。

（郡上八幡にて）

〈友禅流し〉

君が描く　青い秋桜　加賀友禅
寒さに耐えた　乙女の奇跡

加賀友禅の裾に描いた秋桜を、おんな川（浅野川）の真冬の清流で、手を真っ赤にして洗うと、限りなく澄んだ青が姿を現した。艶やかな加賀五彩の野花に囲まれて遠慮がちに咲いている秋桜だけど、限りなく優しさと儚さを秘め、清楚で澄んだ青がひっそりと、しかし明確な存在を主張している。この秋桜はどの花よりも永遠に咲き続けるだろう。秋桜の青は、貴女が想い続ける彼への純真無垢な愛が生んだ奇跡の色なんだろう。

（金沢にて）

料金受取人払郵便

新宿局承認

7552

差出有効期間
2024年1月
31日まで
(切手不要)

郵便はがき

160-8791

141

東京都新宿区新宿1－10－1

(株)文芸社

愛読者カード係 行

ふりがな お名前		明治 大正 昭和 平成 年生 歳
ふりがな ご住所	□□□-□□□□	性別 男・女
お電話 番 号	(書籍ご注文の際に必要です)	ご職業
E-mail		
ご購読雑誌(複数可)		ご購読新聞 新聞

最近読んでおもしろかった本や今後、とりあげてほしいテーマをお教えください。

ご自分の研究成果や経験、お考え等を出版してみたいというお気持ちはありますか。

ある　　ない　　内容・テーマ(　　　　　　　　)

現在完成した作品をお持ちですか。

ある　　ない　　ジャンル・原稿量(　　　　　　　　)

書　名				
お買上書　店	都道府県	市区郡	書店名	書店
			ご購入日	年　月　日

本書をどこでお知りになりましたか?
1.書店店頭　2.知人にすすめられて　3.インターネット(サイト名　)
4.DMハガキ　5.広告、記事を見て(新聞、雑誌名　)

上の質問に関連して、ご購入の決め手となったのは?
1.タイトル　2.著者　3.内容　4.カバーデザイン　5.帯
その他ご自由にお書きください。
(　)

本書についてのご意見、ご感想をお聞かせください。
①内容について

②カバー、タイトル、帯について

弊社Webサイトからもご意見、ご感想をお寄せいただけます。

ご協力ありがとうございました。
※お寄せいただいたご意見、ご感想は新聞広告等で匿名にて使わせていただくことがあります。
※お客様の個人情報は、小社からの連絡のみに使用します。社外に提供することは一切ありません。

■書籍のご注文は、お近くの書店または、ブックサービス(0120-29-9625)、セブンネットショッピング(http://7net.omni7.jp/)にお申し込み下さい。

〈晩秋の唐松林〉

雪を待つ　唐松林　笹の道
　散り埋れても　春には会わん

唐松の紅葉が終わりを迎え、上高地は雪が降るのを待っている。やがて唐松林は白い雪に覆われて氷の花を咲かせるのだろう。唐松の足元の熊笹も雪に埋もれて、上高地全体が、時が止まったような静かな銀世界に覆われることだろう。それでも、やがて春が訪れると、唐松は新芽を息吹き、熊笹が緑を見せ、唐松と熊笹は再会するだろう。私と貴女も今日はお別れだけれど、来年の春には再会できることを願っています。

（上高地にて）

〈二月堂秘仏〉

格子戸を　さやけき夕陽　赤く染め
　浄土の光　菩薩に届け
高欄を　渡って届く　光芒を
　西観音の　歩むを夢む
人々を　救い悟れる　観世音
　秘仏となりて　何をば救う

　二月堂の西舞台に佇んで西方を眺めると、大仏殿や奈良の街並みの遥か向こうに生駒の稜線が望める。太陽が稜線の上に傾くと、夕陽が本堂の格子を赤く染める。その光景は、西方浄土から二月堂に清浄な光を届けているかのよう。心洗われる景色に見入っていると、太陽が更に傾いて、夕陽が光の帯になる。私は光が御堂に当たるのを邪魔しないように廊下の南端に移動する。夕陽の光が、高い欄干の上を光芒になって内陣にまで届く。その様子は、夕陽が高蘭の上を渡って、西方と御堂を光の橋で繋いでいるよう。赤く輝く光の橋を見詰めていると、大観音菩薩と小観音菩薩が手を繋いで光芒を西方浄土に向かって歩む光景が脳裡に浮かぶ。しかし、直ぐに菩薩の姿は消えてしまう。両菩薩を拝観出来ないので、菩薩の姿を描いて、脳裏に留めることが出来ない。両菩薩は練行衆でさえも見ることが出来ない絶対秘仏。菩薩の写真は言うに及ばず、絵も文書も存在しない。観音菩薩は人々を救ってくださる仏。たとえ人前に姿を見せなくても、菩薩は人々を救われるのでしょう。しかし、直接のお姿を見ることが出来なくては、私のような凡人は姿を心に留めることが出来ないので、菩薩に救いを求めることは至難のわざ。救いは、救いを受ける『受救』と自らが救う『自救』の両者によってこそ大きく救われるものと思っている。なので、菩薩が秘仏でおられることには違和感を隠せない。出来ることならお姿を見せていただきたい。それとも、このように想像を膨らませることが秘仏たる所以だろうか。

（二月堂にて）

〈はぐれ水〉

四万十の　澱みに朽ちる　はぐれ水
手桶に掬い　流れに繋ぐ

「早川の　流れは清き　千代八千代　すえ博海と　名を付けし言祝ぐ」私が産まれた喜びを短冊に記した亡き父の短歌。「清い生き方で、長く幸せに、そして苗字の早川から末は広い海に大成するように」との願いで詠んだと母から聞いている。私は、そんな父に感謝の言葉を口にしたことがない親不幸者。今更ですが、文中に父の詩を載せることが、唯一、父への感謝の気持ちと苦笑して自分に言い訳しています。

日本随一の清流と言われる『四万十川』の河原に降り立って、本流から切り離され、取り残された小さな澱みを見つけた。このままでは、澱みの水は朽ちるか干上がってしまうだろう。そんなはぐれ水を見ていると、前記の父の短歌が脳裏に浮かぶ。遥か上流からやって来て、海に注ぐことなく朽ちてしまうのは無念だろうな。海に至る旅を続けさせてあげたいと思い、両手で水を掬って本流に戻してあげる。みんなと一緒に大海に至ることを願って清流を眺めていると、水面が夏の夕暮れの太陽を反射してキラキラと輝いた。

（四万十川にて）

小歩危峡　流れる翡翠の　縞模様
早瀬深淵　流れと遊ぶ

小歩危峡の川は流れる翡翠《ひすい》。岩にぶつかった白い泡が絶えず変化して翡翠色の縞模様を描いていて、いつまでも眺めていたくなる。その小歩危峡をラフティングで挑戦。七つある早瀬でも最大落差の「大滝の瀬」に挑むも、敢え無くボートから放り出され、激しい水流に呑まれる。驚きとともに先行きの不安が脳裏をよぎる。それでも、水面に浮かび上がると、足を下流側に向け、流れに身を任せ、上下左右と波に揉まれながら進む。落ち着いてくると、水流・岩・谷間・崖の木々が視界に入ってくる。深淵《しんえん》の緩やかな流れでは手で掻いて進む。ボートと決別しての一人旅もまた楽しい。人生も、大船に乗って進むも良し、一人旅もまた良し。どちらを楽しく感じるかで選択すれば良い。

（小歩危峡にて）

〈父母の大山〉

高原に　慈母の眼差し　伯耆富士
北壁登攀　厳父の背中

中国地方最高峰の大山は、南北に虎がうずくまり、東西に龍が伏せている、理想の風水地形と言われている。それに相応しく、大山は断崖絶壁の南北壁と緩やかな西斜面の硬軟両面の顔を持っている。西側の桝水高原から眺める大山は、なだらかな草原の向こうに均整が取れた優しく凛々しい母の趣がある。裾野のゲレンデに立って山姿を眺めると、心が癒され、優しさに包まれた心地がする。我、母なる西面の伯耆富士を愛す。翌日未明から、大山の北壁登攀《とはん》に臨む。険しい岩肌が聳える姿は厳しい親父の背中のよう。険しくて崩れ易い岩肌の登攀には神経を最大限緊張させなければならない。一手一足、気を張り詰めて登り、剣ヶ峰山頂に立った時、それまでの緊張や抑圧から解放され、自分の限界を破れた満足感で心が充たされる。我、父なる北面の角盤山を敬慕す。

（大山にて）

〈母の膝上〉

大輪の　光と影が　降り注ぎ
轟きを逃れ　母の膝上

濃紺の空の下、櫓の桟敷席に座って、家族で花火の打ち上げを待つ。花火大会開始を告げる狼煙の花火が打ち上げられると人のざわめきが消える。静寂を破るように突然、笛を吹くような音を残して閃光が上がり、光と音が一瞬途切れた次の瞬間、強大な大輪の花が輝き、大量の光と同時に衝撃波が目と身体を震わす。間髪を入れず轟音が耳を襲う。音の衝撃を避けるため、安全な場所を求めて母の膝上に避難する。ここが外部から私を守ってくれる場所と直感した。温かくて安全な母の膝。幼い私を守ってくれる母港。母の偉大さを感じる幸せにニンマリ。

（富田林市にて）

〈窓の月〉

病窓の　雲に漂う　月の舟
　曽爾に游ばん　黄金の穂波
病床の　窓に幽けき　おぼろ月
　曽爾に集わん　望月の夕

　頭痛と吐き気で、目覚めてからも床に伏せったまま。薬も胃液も吐き尽くし、息絶え絶えになる。それでも夕方には少しは落ち着く。窓に目をやると、上弦の月が、空を覆い尽くした雲に、難波船のように浮き沈みして漂っている。今にも沈没しそうな月の舟は今の私を象徴しているかのよう。このまま病いが回復しないのではないかとの不安が頭を過《よ》ぎり、辛さと不安に涙ぐむ。家の灯が灯り、窓硝子が黄色く光った時、幼い頃に夕日を受けて黄金色に輝く背よりも高いススキの高原を走り回った日の思い出が頭に浮かぶ。そうだ、身体が回復したら曽爾高原へ行こう。夕陽を受けて黄金の波のようにそよぐススキの丘を、泳ぐように歩こう。そして、月の舟がススキの穂波を悠然と進み、やがて高原一面が白銀の世界に変わったとき、二人の元気な出会いに感謝の涙を流そう。

（八尾市にて）

（番外・ダジャレ編）
〈三日月に再会〉

病窓の　星にあえかな　眉の月
三輪で狭井かい　望月の頃

病院のベッドに横たわって、薄灯りにぼやけた窓を通して夜空を覗くと、星の明かりにかき消され、触れれば落ちそうに三日月が喘いでいる。手術直後の息が喘いでいる自分を投影しているかのよう。私は順調に回復すれば十日後に退院出来るだろう。お前も大きくなって、星に負けない強い光を放って欲しい。望月の夜半に病気平癒の御礼に三輪の狭井神社《さいじんじゃ》にお詣りに行くから、元気な姿で再会しよう。

（「狭井神社で会う」と「再会」を掛けてみました）

（柏原市にて）

雪波紋　千変万化の　穂高尾根
梓の透風　生とささめく

夢破れ、現実を受け入れられず、心に悩みを抱えきれなくて、答えを厳冬の山登りに賭ける理不尽な選択をする。新穂高から西穂高山荘に向かったが、突然にガスって二メートル先が見えない。一メートルの視界を頼りに進むが、山荘の方向が分からない。日暮れまでに山荘に辿り着けなければ岩陰でビバークしなければならないが、装備も食糧も持ち合わせていない。駄目かもしれないと思った時、突然、ガスが消え、目の前に穂高山荘が現れた。布団の中で眠ることができる。翌日未明、西穂高・奥穂高・天狗沢に向かって稜線を歩く。時折、雪が舞い散り、軽風が間断なく岩と積雪の波模様を変幻自在に変える。三日目、快晴。北穂高岳・槍ヶ岳が眺望出来る。奥穂から涸沢を経て上高地へ下りる。上高地は一面の銀世界。梓川の緩やかなせせらぎの音と雪の軋む音の他に音がない。河童橋に佇んで、青空を背景に浮かび上がる穂高連峰を眺めていると、梓川を渡る透風《とうか》が「せい。生」と囁やく。生きていこう。

（上高地にて）

〈激流の川床〉

奔流に　ヒグラシの声　掻き消され
広袖羽織るも　寒さ声枯れ

夏の終わりに、せせらぎの音とヒグラシの声を聴きながら、川床で料理を食べようと思い立って、貴船に向かう。ところが、朝方の雨で貴船川が奔流《ほんりゅう》と化していた。激流に負けじと、床の先端の席に陣取ったが、激しい岩瀬の水飛沫を浴び、虚しく下流側に撤退する。浴衣では寒いので広袖《どてら》を羽織ったが、それでも寒さに手が震え、鮎料理が上手く食べられない。燗酒が欲しくて注文したくても声が中居さんに届かない。二人の話し声も川音に掻き消され、大声を出すもなかなかに伝わらない。川音の騒音に鼓膜が倍の重さに感じられる。仕方なく話すのを諦め、見詰めあって互いに苦笑するだけ。異様な夕食が終わると、疲れだけが残った。良い印象がないけれど、笑い話のネタにはなるだろう。清流時には、川床は優雅な時間を提供してくれるのだろう。

（貴船にて）

〈友とハモらん〉

雲上へ　梯子架けたる　槍ヶ岳
　ヨーデルの声　友に届けん
天空を　オカリナの声　澄み渡り
　一人デュエット　友がハモらん

槍ヶ岳の槍肩から穂先を見上げると、槍の尖が雲を突き抜けている。山頂に向かって延びる梯子はどこまでも伸びて天国に続いているかのよう。梯子を一歩一歩登って山頂に辿り着くと、雲海の上を遥か彼方まで青空が続いている。天国の友に届くように低く高く轟く声で「ユアレイホー」と叫ぶ。君は聞き付けて合図を返してくれるだろうか。それとも「馬鹿だなぁ」と笑ってくれるだろうか。

君が打った蕎麦を肴に二人で酒を飲んだ時、私がオカリナを吹くと君はギターで伴奏してくれた。癌との闘病三年、死ぬ数日前までギターを弾いていたという。槍ヶ岳山頂のオカリナの声を聞けば君はきっと天国でギターを弾いてハモってくれるだろう。山頂ハートの真ん中で『コンドルは飛んで行く』を吹いていると目頭が熱くなり、鼻頭が涙の雫で苦くなった。

（槍ヶ岳にて）

行事の襷

〈凍てた水掛け不動〉

手を合わす　水掛不動の　童子凍て
苔を拭って　願掛けは明日

深夜に、法善寺の井戸から手桶に水を汲んで、請願成就の水掛不動尊に祈願するために三尊の前にひざまずく。不動尊を見上げると、覆っている苔が凍てている。両脇の童子を覆っている苔も凍って寒そうなので、水掛けを止めて、童子の苔をハンカチで拭《ぬぐ》う。幾度か拭ってハンカチを絞ると、手が悴み赤くなって痛い。それでも思いを実行した痛さは嫌ではなく、寧ろ心地良い。ただ、童子にとっては拭われることが嬉しいことなのか迷惑なことなのか分からない。また、拭う行為が願掛け成就を願っての胡麻摺りと結び付けられるのが後ろめたいので、願掛けせずに手桶を井戸横に戻す。明日出直して、お供えをして、水掛けをして、改めて願掛けをしよう。

（法善寺にて）

〈宮島の楠船〉

明燈が　燦めく波に　浮かぶ宮
神能舞って　旅立つ楠船

安芸の宮島に月が昇り、潮が満ちて灯籠や社殿に明かりが灯ると、厳島神社は燦《きら》めく波に浮かぶ荘厳な船になる。能楽囃子と潮騒が融合して神秘な調べを奏でるなか、神能《しんのう》が舞い始めると、宮島は幽玄の世界に包まれる。明燈《めいとう》に照らされた水面が回廊の天井に反射し、波紋が揺らぐと、厳島神社は磐楠船《いわのくすふね》になって水面をゆっくりと滑るように船出する。灯籠を導灯とし、大鳥居の灯台をくぐって、高天原に出航するかのように。島全体が神秘的な世界に私達を誘ってくれる。

（宮島にて）

〈京の精霊送り〉

精霊が　送り火訪ね　西方へ
灯籠流しと　落ち合い浄土

五山の送り火は、東から順に東山如意ヶ嶽の大文字・松ヶ崎の妙法・西賀茂船山の船形・大北山の左大文字・嵯峨曼陀羅山の鳥居形と灯される。精霊《せいれい》は火が灯る順に送り火を訪ね、京の都を東から西へと進み、嵐山の灯籠流しの精霊と落ち合って、西方浄土に帰って行くのだろう。私は二十時に大文字が灯るのを見届けてから、車で今出川通を西に向かい、五山の送り火を見詰めながら嵐山へと移動する。嵐山の中ノ島公園では、桂川で灯籠流しが行われている。鳥居形の送り火が消え、嵐山の灯籠流しが終わるのを見届け、誰を見送るわけでもなく、全ての精霊が無事に浄土に辿り着いてもらうことを願って、西の空を仰ぎ、手を合わせて黙祷する。私の今年のお盆が終わりを告げる。

（京都にて）

〈無垢の参拝〉

川霧に　総身洗われ　心浄く
内神宮に　無垢の参拝

優しく反り返った宇治橋は、緩やかな日常世界から凛とした聖域界へと導いてくれる境橋。橋を渡って神苑を進み、せせらぎの音に向かって斜面を降りると、石畳を敷き詰めた五十鈴川御手洗場に至る。お清めのため五十鈴川の澄んだ流れに手を浸すべく屈むと、川面をゆっくりと流れる霧に身体が包まれる。清流と川霧に身も心も浄められた思いがする。手水を終えて、神宮の森を奥に向かって歩く。ザッザッと地表を響き渡る砂利の音が、並び立つ大樹の梢に消えていく。この音を聞いていると、幼い頃、寡黙な父に手を引かれて初詣した日々が甦る。私が一緒に行かなくなってからも、最期まで初詣し続けた父は、何をお願いしていたのだろうか。御手洗場までは『家内安全』をお願いするつもりでいたが、心身が浄められ、正宮の茅葺屋根と千木と鰹木を仰ぎ見ると、私ごとの願いは消え去り、無心の参拝になった。

（伊勢神宮にて）

〈初日の出前〉

初日の出　そっと紅さす　雲の端
紫だちて　自ずと合掌

大晦日に信貴山に登り、朝護孫子寺除夜の鐘を衝く。百八つの音を数えながら、松永弾正が爆死した信貴山城跡に登り、灯がともり始める街を眺めて、新年の澄んだ参道の空気を感じる。その後に各寺院に初詣し、弁財天の滝まで足を伸ばし、帰路の参道の夜店で暖をとる。帰宅のために真っ暗な山路を歩いていると、峠を越した頃に夜が明け始める。空に浮かんだ雲の端が薄紅色に染まり、やがて薄紫色に染まっていく。その様子を見詰めていると、自ずと合掌していた。自然の神々しさを感じるひと時。阿弥陀仏が来迎する時は、このような雲に乗って来てくださるのだろうか。敬虔な気持ちで空を眺めていると、来世が幸せな世界であることを期待させてくれる。ちょっとほっこりとした時間を過ごした。

（信貴山にて）

〈阿波踊り〉

ぞめき囃子　ナンバ歩めば　阿波踊り
踊り呆けりゃ　心も呆ける

阿波踊りは阿波国を発祥とする盂蘭盆の踊り。踊りは鉦鼓の合図で始まる。三味線、太鼓、篠笛の二拍子の騒《ぞめ》き囃子《ばやし》が星空に響く。手を内向きに挙げ、腰を落とし、（右手右足・左手左足を同時に出す）ナンバ歩きで踊って歩む。男は尻ぱしょりの浴衣がけや半天を着て、手ぬぐい頬被りで粋に勇猛に時に滑稽に沈み踊り。女は片肩脱ぎの浴衣を裾からげに鳥追笠をかぶって上品で艶っぽく浮き踊り。有名蓮は華麗優美な揃い舞い。にわか蓮はぎこちない三文役者の乱れ舞い。感嘆と笑いが渦巻くなか、踊り子と見物客が一つになって、踊り呆《ほう》けて見呆けて、心が呆けて夜が呆ける。

（徳島にて）

〈太鼓の宮入り〉

お社に　ヨィヤサーの声　こだまして
一声一段　太鼓が登る

八月一日は早朝の恩智神社の夏祭りの呼び出し太鼓の音で始まる。太鼓台は、宮出し・巡行・天王の森の担ぎ合い・宮入りで行われる。宮入りは、一トン半の布団太鼓が一三一段の階段を登る祭りのクライマックス。最前列の担ぎ手は腰を屈めて担ぎ棒を下手に持ち、最後尾の担い手は手を伸ばした指先で太鼓台を支える。担ぎ手の息が乱れれば大事故に繋がりかねない。息を合わせるための指示の怒号と担ぎ手の掛け声が社《やしろ》の階段に渦巻くなか、太鼓が「ドンデンドン・ドンデンドン・ドンデンドン・ドン」と『さあ、一段上げるぞ、用意はいいか』と唸りを上げる。それに応じて担ぎ手の「ヨィヤサージャ」の大声で太鼓が一段上がる。重さに耐えながら奮起と緊張のなかハッピの神兎も一段ずつ、一三一回繰り返してお宮まで上がる。上がり切った時は、全ての人が感動と安堵の拍手を送る。祭りの日から三日間、肩の痛さに湯槽に浸かることが出来ず、疲労困憊で過ごしたが、四日目には来年も太鼓台を担ごうと心に決めた若い日のことを思い出す。

（恩智神社にて）

〈想い出花火〉

それぞれの　想いを込めて　打ち上げる
花火の光輪　みんなに届け
竜昇り　千輪の花　空に消え
蝉騒後の　鈴虫の声

片貝まつりでは、子供の誕生祝い、結婚祝い、祖父母哀悼など、それぞれの想いを込めて花火が打ち上げられる。願いの篭った花火の光輪が、花火を見る人みんなの心に届きますように。二十時が近付くと人々の期待と緊張に町全体が沈黙する。町民から新成人の祝いとして「昇天銀竜黄金千輪二段咲」を打ち上げるアナウンスで最後の幕が開く。浅原神社裏手の山に閃光が走り、「上がれ。上がれ」の大合唱を受けて、銀竜がゆっくりと天に向かって昇っていく。竜が消えると、空一杯に大輪の花が咲き、続いて色鮮やかな花が咲き乱れ、追いかけるように無数の黄金の花が空を埋める。途端に、山の上から轟音と衝撃波が降ってきて、身体を震わす。感動と溜息と拍手がどよめきとなり、辺りが蝉騒《せんそう》に包まれる。余韻に浸っていると、いつしか静寂と暗闇に包まれていた。我に返って畦道を歩き出すと、道端から鈴虫の声が聞こえてくる。蝉の騒がしい夏音が止んで、鈴虫の優しい秋音に代わろうとしている。夏が終わり、秋が訪れようとしている季節の変わり目を感じ、大輪の花火が消え去る時のほろ苦さを覚える。

（片貝にて）

〈お茶会〉

松風の　ささやき澄みて　茶を服し
一期一会に　心を紡ぐ

炉を囲み、釜の湯がシュンシュンと沸く音に、浜辺に立つ老松の林を渡る風の音（松風）を聴く。松風の澄んだ音が、幼い頃の思いを運んで胸の琴線を振るわせ、喜怒哀楽を連れ去って無心の境地に導いてくれる。雑念が取り去られた無垢の空間で茶を服すと、清々しく穏やかな時間が流れ、心が癒される。

茶会は、茶の作法を通じて亭主と客、客同士が心を触れ合う場と心得、一生に一度かもしれない今日のメンバーによる掛け替えのない触れ合いの一時を、皆が楽しむために一人が、一人が楽しむために皆が、お茶をいただくことを通して心を紡ぐ集まり。茶の作法を技法だけに留めては、習得した作法を超える展開や茶事以外の事柄への応用が出来ない。作法を通して人と人の心が触れ合うことが日本のおもてなしであり、伝統美だと思う。

（堺市にて）

〈孫の発表会〉

幕が開き　演じ切れるか　心配を
笑顔に変える　孫の大声

孫の発表会の幕が開く。大勢の観衆に臆することなく演じれるか不安な気持ちで孫を見つめて鼓動が高まる《心配》合唱が始まると、全身を使った大きな孫の声が聞こえ、不安が笑顔に変わり、一緒に歌を口ずさむ《安堵》孫がみんなとリズムが合うようにと心の中で指揮棒を振る《笑み》最後まで快活にやり切れますようにと手に力が入る《興奮》快活にやり終えた孫を見詰めながら椅子の背にもたれてニッコリ《感動》幕が降りる合間に家族の名前を呼ぶ孫の声を聞いて恥ずかしげに手を振る《喜び》孫と同じ時間と空間を共有出来て喜んでいるじじ馬鹿の自分を想像して笑いがこぼれる《満足》一喜一憂の充実した時間を過ごした《充実》

（大和高田市にて）

〈平和の鐘〉

蟬しぐれ　広島の鐘　胸に響き
　平和の願い　心に宿る

広島の平和記念公園では、蟬が夏の暑さを吸い込み、けたたましく鳴いている。そのような喧騒の中に居ても、広島の平和の鐘の音がはっきりと胸に届いてくる。その鐘の音を聴いていると、平和な日本・平和な世界を願う気持ちが湧き起こって、平和を愛する気持ちが心に生まれる。生活や文明が向上すれば、他人を思いやる気持ちが向上し、争いがなくなると期待されるのだが、残念ながら現実は、ややもすると、優位性の確保や贅沢な生活を確保するために他人を犠牲にしてしまう。人間は何処まで生活が豊かになれば他を思いやるようになれるのだろうか。自己の生活向上に勝るとも劣らず、他人を思いやる心を持てる時代が来ることを期待したい。

（平和記念公園にて）

〈安産祈願〉

身籠りて　尽きぬ想いの　願い布
熟慮の末が　元気に育て

息子夫婦の安産祈願に中山寺にお詣りする。安産祈祷を終えて、賓頭盧願布に生まれてくる子供への願いを書くことにした。親が生まれてくる子に願うことは、優しい子、頭の良い子、可愛い子と多々ある。迷いに迷い、熟考して選んだ願いは「元気に育って欲しい」。既に結ばれている他の人の願布を覗いてみると、どれもが「元気に育って欲しい」と書いてある。親が生まれてくる子に願うことは様々あるけれど、子供の将来はその子が作っていくもの。親としては元気に育ってくれることが、誕生する子への願いの基本。身籠ってから出産日が近付くにつれて、親は様々な高い願いから基本の願いに帰るようだ。

（中山寺にて）

〈初宮参り〉

鼻摘ままれ　泣いてお披露目　宮参り
黒髪笑顔　推して可笑し

鹿嶋神社へ孫の初宮参り。孫がお婆ちゃんと掛け着を着て、お金に困らないようにと紐銭を結んで、拝殿に入る。神主さんが、家族へのお祓いの後、孫を抱いて本殿に進み、孫の鼻を摘まんで一声泣かせる。神様に赤児の泣き声をお披露目する行事が済むと、お宮参り行事が一通り終了する。いつもは神社では挨拶するだけの私が、孫のこととなると神妙な気持ちで行事に参加する。続いて神殿前で孫を中心に代わるがわるの撮影会。カメラで孫を写しながら、この薄毛で仏頂面の孫と黒髪が伸びて笑顔の将来の孫を想像比較すると、笑いが込み上げてくる。七五三参りの三年後・七年後のこの子の晴れ着姿が私の今の想像と差異があるかを見比べるのが楽しみ。ただ、それに続く大きな節目の行事となる成人式の孫の中振袖姿を見ることができるだろうかと考えた時、笑いの後に少しの寂しさが頭をよぎる。

（鹿嶋神社にて）

〈お墓参り〉

手を合わせ　香とお経に　包まれて
和む墓石に　心がさやか

一年の締めくくりと新年を迎えるにあたって、慌ただしさが漂う年の暮れに父母の墓にお参りする。雑草を抜き、五色の花を手向け、五本の線香を焚いて、墓前に屈み、数珠を両手に掛けて、般若心経を口ずさむ。穏やかな日和と花の香りと線香の香りに包まれて、大島石の青味が柔らかな桜色を帯び、墓石が明るく和らいで、父母が和《なご》んだように思える。読経を終えて、「良いお年を迎えてください」と父母に声を掛ける。一年が締めくくれ、さやかな気持ちで新年を迎えることができる充足感に包まれる。

（来迎寺墓地にて）

思惟の綾取り

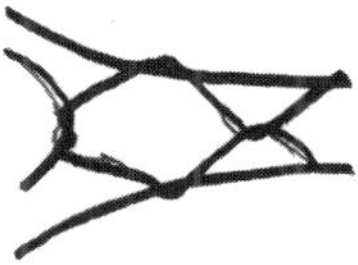
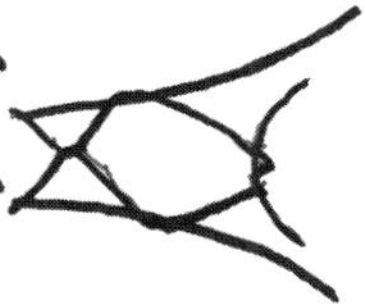

〈捨て去って〉

捨て去って　捨て去る我が身　捨て去って　仏となりて　何を歩まん

食欲・性欲・睡眠欲・生存欲・怠惰欲・歓楽欲・承認欲と私達は様々な欲望を持っている。これらの欲望は人類発展の原動力になっているが、欲望の強さが人類生存や社会存立の許容範囲を超えると、人は破壊者になる。このような罪を内包する欲望を捨て去ることが平穏な世界をもたらす大きな一歩になる。世界が平穏であるためには、自分が欲望を捨てるだけではなく、全人類に欲望を捨てることを求める必要がある。しかし、他人に欲望を捨てることを求めること自体が自分の欲望なので、完全な平穏のためには欲望を生み出す自分自身を捨て去らなければならない。これを実行できて初めて平穏な仏の境地に至れる。このような尊い仏の境地には最大の敬意を払う。しかし、俗人である私が立ち止まって考えるに、仮に自分が仏の境地に至れたとして、そこで何をなせばいいのか。気弱は私に人を導くことはできない。かといって何も為さずに和かに座していることもできない。こんな人間は仏の世界では居心地悪かろう。やはり、私など俗人は現世で出来るだけ人に迷惑を掛けないように生きるほかない。

（竜安寺にて）

〈捨てる真理〉

極めては　極めた自己を　捨て去って
幼な心に　なれれば真理

物事の本質を悟り、真の自己変革を行うには、すべからく物事を極めなければならない。しかし、極めたからといって、それに固執すると逆に変革の弊害となる。人は生まれ育った環境に応じて何かしらの偏りを持っている。知識や経験などで身に付いた偏見を捨て去れても、最後に残る偏りは自分自身の内心にある。物事を極めた自分を捨てて、幼子《おさなご》のような無垢な心になれれば、それが自分にとっての真理。一つの真理に留まることなく絶えず精進に努めなければならない。

（龍安寺にて）

〈尊い個性〉

築けるか　人類同じで　平等な　人皆違って　差別ない世界

「人は誰もが人間として同じなのだから、人間らしくあるべき事柄は平等でなければならない」「人は皆それぞれに違うのだから違うことをもって差別してはいけない」嘗て、人は人類の意味を狭い同種人類と捉え、他種人類を差別してきた。原始から現在に至るまで、この同種・他種の範疇は絶えず変化していて、これに伴い平等の内容も変化している。このことから、残念ながら平等の概念は人類が本来有している性状ではないようです。また、人の違いを認める理念が差別をしてはならない理念に結び付く必然性が見当たらない。逆に、違いは差別に結び付く危険を孕んでいる。人類同じが平等に、人は皆違うことを認めることが差別しないことに結び付くには、他者を自己と同等に認める寛容と尊びが不可欠です。平等や差別しないといった概念は不安定で壊れやすい理念です。ただ、明確に言えることは、その人の責任ではない差別や不平等は、社会や人間の精神を荒廃させます。少なくとも、人が生まれたり、新しいことに挑戦するなど、人生をスタートさせる時は、差別ない平等な社会であって欲しい、と願います。

（地球にて）

〈改元の日〉

三元号　生きて社会の　機微を知る
人の生き方　差あり差なし

昭和・平成・令和の三つの元号を生きることになった。昭和中期は、貧しくて近隣が助け合った時代。昭和後期は、繁栄に向かって皆が競争した時代。平成前半期は、バブル崩壊にあって自分枠で生きた時代。平成後半期は、停滞する社会の下、自分の生きる意義を求めた時代。そして令和期は、個人を尊び開放する時代に進むのを願っています。貧困期、成長期、バブル期、バブル崩壊期を体験して「社会浮沈の動向」が一定理解できるようになった。三元号の世界を観続けて「人と社会の関係」が一定理解できるようになった。人には上下があり、生活には差がある。思想には左右があり、社会制度には差がある。物事の本質を考えようとする時、時間軸と空間軸の両面から考察すると理解しやすい。昔はお互いに助け合わなければ生活出来なかったため、個よりも集団が優先された。このため、必然的に個の自由が制限された。現在は直接に助け合わなくても生活ができるため個人の自由が広がった。但し、引き換えに個人は孤独になった。どちらが住み良い社会と考えるかは人それぞれ。また、人と人のコミュニケーションは、昔は直接の会話だったので、相手の人となりを感じ、細かい意思疎通が図れた。但し、面倒臭かった。現在は、SNS等を使って自分のペースで言い切ってしまえるので、意思伝達が楽になった。但し、オールorナッシングなので細かい意思疎通が図り難い。何時の時代にあっても言えることは、どんな社会にあっても、人と人の繋がりは不可欠であって、良し悪しは手段の問題。この視点から見ると、人の本質に大きな差はないと思う。出来るだけ人に優しい社会の構築に努めましょう。

（柏原市にて）

〈友情と恋〉

ピッケルと　ザイルが繋ぐ　信頼が
　　　　槍岩峰に　刻む友情

夕凪の　海を見詰める　恋人は
　　　　夕陽に染まる　宙を羽ばたく

個人の力量に掛かるピッケル操作を信頼し、互いの命を繋ぐザイルを結んで、槍ヶ岳岩峰に登頂する。一緒に困難を克服した友への信頼が、槍ヶ岳岩峰に友情の二文字を刻む。友人は、性格・嗜好・共感・信頼等で自分にとって有意義かどうかによって選ぶことから始まる。友人は、助け合いと競争、同化と反発、共闘と分散、尊敬と嫉みが交錯しながらも、互いに良好な緊張の中で切磋琢磨して人を成長させる。友情は、人間としての強さを養ってくれる。

夕陽が映える海を、恋人と肩を並べて一途に眺めていると、自分だけでなく恋人の視点でも眺めるようになる。二つの視点を併せ持つ視線は、水平線を眺めるに留まらず、夕陽に染まる宙から水平線を超えた彼方を見詰めるようになる。恋人は、本能が求める選択に始まる。相手を独占したい、いつも温もりを感じていたいと希い、肉体的接触や独占欲でより深い関係を築こうとする。恋人が側にいないと心配・不安になるので何時も傍に居て欲しいと願う。恋は、自分にとって有意義かどうかの選択ではなく、相手をあるがままに受け入れることが必要不可欠です。更に、恋人と夢や希望やニーズを共有しようとするため、利己心を克服して、相手の視点に立って物事を見ようと努力する。これによって、一人では見えなかった世界を見ることができるようになる。恋は、人間としての大きさを養ってくれる。友情と恋は、それぞれに外と内から人間を大きく育ててくれる。心から友情と恋を体験しましょう。

（大町市・南知多町にて）

〈親子の愛〉

親の愛　子から親には　返らずも
子から孫へと　継がれるが佳し

「私は愛情一杯で子供の世話をしたのに、子供は大きくなると振り向いてもくれない。親子なんてこんなものなのかと寂しい思いです。我が子に期待すると辛い思いをするので、親子の関係は割り切って考えることにしています」と知人が寂しそうに話す。親子の愛情は、親が子に向けるもので、子から親に向けられることは少ないようです。親子だけの間で愛情の清算を求めると知人の言葉のような結論になるのですが、親から子へ、子から孫への三代のスパンでみると、考え方も変わってきます。我が子が親になったとき、その親が自分の子に愛を注ぐ。このように親・子・孫と受け継がれていくのが、親子の愛の形ではないでしょうか。寂しく思わず、楽しみましょう。

（堺市にて）

〈無垢の愛〉

子を持って　知りたる親の　無垢の愛
お盆の土産は　孫の笑顔

「愛」と言っても、優しさに満ちた愛もあれば、見返りを期待する愛もあれば、快楽のための愛もあれば、打算の愛もある。子供が生まれて親になって初めて、見返りを求めず、犠牲とも思わず、足すものも引くものもない愛があることを知る。自分もそういった親の愛を受けて生まれ育ったのだと理解出来た時、親から受けた愛の一番のお返しは、祖父母に孫の笑顔をお返しすることと気付く。お盆に帰省する時は、祖父母に孫が笑顔を見せれるように、我が子に優しい気持ちが育って欲しい。

（柏原市にて）

〈来世への旅立ち〉

西方に　旅立つ人の　魂は
七色重ね　無垢に輝く

西方に　旅立つ人の　頭陀袋
重い軽いは　彼岸に無縁

義弟が亡くなった。彼は自分に対する他人の好悪の感情や損得の判断は出来るが、自分と社会との関わり方を習得するには至らなかった。彼は人から好意を抱かれる喜びを知っていたが、相愛を築くには至らなかった。このため、人と友情や恋を築くことなく生涯を閉じた。彼は生き甲斐や目標達成の満足を知らずに人生を終えてしまったのではないだろうか。人間にとって人生とは『自分に与えられた運命を全うすることに過ぎない』のだろうか。否、人生は喜怒哀楽を通して生命を実感出来ることなのではないだろうか。一方、命を終えるに当たって、人は自分が歩んだ人生の価値を何に求めるのだろう。自分で良い人生だったと言えるかどうか？　親族から感謝されること？　勲章を授与されるなど社会から認められること？　人々から惜しまれること？　私は最期には「人生の七割を自分の意思で生きた」と言えたら最高だなと思っている。しかし、それもこれも此岸での話、彼岸に向かえば皆初めの一歩。人生は良くも悪くも光が分かれた虹の如し。人は様々な生き方によって、赤・橙・黄・緑・青・藍・紫に分かれ歩む。それでも、最後は七色が重ね合わさって白く輝く光になって彼岸へ赴く。

（阿南市にて）

〈御嶽山爆発〉

登り下り　一会の挨拶　御嶽の

生死が交差　時のわくらば

あの日、御嶽山で挨拶を交わした登山者は、登る人と下る人で運命が大きく異なることになった。その巡り合わせは偶然か必然か、それとも神の悪戯か。人間の意思では変えることが出来ない、時間と云う絶対的な存在に、人は抗うことが許されないのだろうか。

二〇一四年九月二十六日早朝、田の原から登り始め、ハイマツの中に点在する燃えるようなナナカマドの紅葉に感動し、荒々しい地獄谷爆烈火口を畏怖の思いで眺めながら、王滝頂上を経て剣ヶ峰に立つ。山頂からは、雲海の向こうに北・中央・南の三アルプスが望め、西方には遠く白山まで展望できる。雄大な眺めに暫し酔いしれる。エメラルドグリーンの「二の池」や渇いた窪みの「一の池」を囲む山頂部稜線を周遊して山荘に泊まる。翌二十七日早朝から田の原に向かって、何十人かの登山者や信仰者と挨拶を交わしながら下山。疲れと汗ばんだ身体を休めるため、御嶽明神温泉に向かう。正午前、露天風呂に浸かって御嶽山を眺めていると、山頂付近から白い噴煙が立ち昇る。不可思議な胸騒ぎと不穏な予感が頭をよぎる。暫くして、御嶽山が水蒸気爆発を起こし、多くの人が亡くなったことを知る。その中には挨拶を交わした人もいるだろうと驚きと哀しさに拉がれる。「御嶽山を下りた自分は無事で、登った人は亡くなられた」ことへの、安堵と申し訳ない気持ちが身体を駆け巡る。

※わくらば（邂逅《かいこう》）は、思いがけず出会うことを意味する用語ですが、ここでは、時間が「巡り逢わせた（運命）」との思いで使いました。（御嶽山にて）

恋の糸電話

〈秋桜の恥じらい〉

恥ずるほど　二人眺める　秋桜の
そよぐ姿に　恋しさぞ増す

久し振りに訪れた般若寺。何も話さずに二人で見詰める秋桜。秋桜が、恥ずかしそうに少し俯いて、もじもじとしている。その恥じらう姿は、そっと抱き締めたくなるほど愛らしい。秋風にそよいで優しく触れ合う姿は互いをいたわっているよう。久し振りに貴女に会って、秋桜のように恥じらう貴女に恋心を押しとどめることが出来ない。何時までも、何処までも貴女を愛してしまいそう。

（般若寺にて）

〈紅い瞳〉

君が描く　紅い瞳の　兎二羽
　夕陽が染めたと　一筋の涙

君が描いたススキ野に遊ぶ二羽の兎の瞳が紅い。「兎の瞳が紅いのは、泣いているのですか」と問うと「瞳が紅いのは夕陽の色に染まっているからです」と答える貴女の頬を涙が一筋伝った。青山高原のススキ野に二人で過ごした楽しい時間も夕暮れとともに終わろうとしている。次はいつ会えるかと思って寂しさが込み上げてきたのだろうか。涙を隠さなくても良いんだよ。私の方が貴女よりも寂しく思っているのだから。

（青山高原にて）

〈振り袖〉

振り袖の　袖振る乙女の　いじらしさ
恋と愛とに　乱れる想い

電話を受け取って、約束した成人の日の早朝に法然院を訪れた。白砂壇に挟まれた石畳みを抜けて、数奇屋造りの茅葺の山門の石段を二、三段上ったとき、門の陰に隠れていた貴女が、脅かすように小さく跳ねて飛び出してきた。何時ものデニムにニットのカジュアルな姿ではなく、濃紺生地に可憐な花が咲いた振り袖姿。清楚な色気漂う姿に出会って、どう対応して良いか分からず戸惑って立ち止まる。貴女は私に寄り添うと、「明日までを一緒に過ごしたい」と下を向いて呟く。そのあどけなさと恥じらいと艶美さがとてもいじらしい。貴女を見守る「愛」でいられるか。愛ではおそらく心残りが。心身共に一緒になる「恋」に行き着くか。恋ではおそらく後悔が。いっそこのまま帰りたい。

（法然院にて）

〈炎の山焼き〉

若草の　炎波跳び散る　赤うさぎ
炎が染めたと　火照る横顔

山上古墳の鶯塚に葬る霊魂を鎮めるために始まったと言われている若草山の山焼き。炎が山一面を焦がして炎波《えんぱ》のように燃え盛る時、元火から飛び散る炎の姿は、炎の波を跳んでは消え、消えては跳び立つ赤い兎のよう。燃え盛る炎を見詰めて、心の炎に火が灯ったのか、貴女の顔が火照《ほて》っている。「炎で顔が紅く染まってしまうね」と火照る顔と潤む瞳を隠すように前を向いたまま呟く貴女。貴女をそっと抱きしめたい。

（若草山にて）

〈天女の羽衣〉

玉蓋を　天女舞い飛ぶ　千年藤
羽衣纏い　二人睦まじ

大歳神社の千年藤の下に立つと、巨大な紫色の玉蓋《たまがい》に覆われた椅子に寛いでいるように心地良い。藤花の隙間から豆粒のような青い空が見え、藤の花房が揺れる姿は、天女が羽衣を広げたような幽玄の世界を彷彿させる。羽衣伝説では、男が羽衣を隠して二人は夫婦になるが、最後は天女が天に去っていく。私達二人は藤の花穂の羽衣を纏《まと》っていつまでも仲睦まじくいたい。

（大歳神社にて）

〈瀬戸のローズムーン〉

潮騒の　波に舞い散る　瀬戸の月
白兎跳び去り　薔薇の満月

直島の浜に打ち寄せる波の音が、遠くの低い海鳴りから浜近くで幅広い音に変わり、岩に砕ける音を残して消えていく。月影がさざ波に映って白く飛び散る景色は、白兎《はくと》が波間を戯れながら跳びはねている姿に見える。海が鎮まり、白兎が跳び去って凪になった時、水面に赤い月が映し出された。今日は六月の満月、ローズムーン。二人で見ると恋が叶えられると言われているが、貴女への愛の重さに耐え切れず一人旅に出た私の恋は叶えられるだろうか。それとも白兎のように二人の関係は跳び散ってしまうのだろうか。

（直島にて）

〈九尺藤の影絵〉

門干しの　麺より長い　九尺藤
　道行く二人　藤花で隠せ

門干《かどぼ》しされている長さが二メートルにもなる三輪の素麺が風に揺れる光景は、冬の風物詩。その風景は、白い糸を描いて落下する滝が幾十も重なっているよう。白毫寺の棚から下がる九尺藤は、門干しされた三輪の素麺よりも長く、花穂一杯にたおやかな紫色の花を咲かせている。そんな藤棚の下を二人で手を取り合って歩く。決して離れることがない二人を九尺藤で飾って欲しい。けれど隠れ旅なので、その膝よりも長い藤で人目から隠して影絵にして欲しい。

（白毫寺にて）

〈弾む足元〉

装えど　弾む足元　草木揺れ

手枠に小さな　富士の可愛さ

車山展望リフトに二人で乗った時、貴女の足がブランコを漕ぐようにリズミカルに動いている。貴女の心が弾んでいるのを感じて嬉しくなるも、気付いていないふりをすることにする。ニッコウキスゲが咲き誇る高原を歩いていると き、何も気付かなかったように平静を装《よそお》って静かに歩いているつもりでも、私の弾む足運びに周りの草木が揺れている。隠している嬉しさを知られてしまったかなと半身で貴女を振り返る。速足で私に並ぶと、そっと手を繋いだ貴女の瞳が微笑んでいる。山頂からは八ヶ岳と南アルプスを望む遥か彼方に、富士山が小さいながらもクッキリと見える。私が富士山に向かって手で枠を作ると、貴女は小枠に収まっている小さな富士山を眺めて、「可愛い富士を持って帰りたい」と笑った。「優しさと思いやりが織りなす幸せは、言葉ではなく心で紡ぐもの」と見つけた。

（車山高原にて）

〈愛の吊り橋〉

谷風に　揺れる十津川　立ち竦み
　手を取り渡る　愛の吊り橋

深い山に囲まれて流れる十津川が開けた谷間に、谷瀬の吊り橋が架かっている。二九七メートル続く八十センチ幅の板の両横の網目からは、コバルトブルーの清流と誰が積んだのか川原で白石で描いた文字が遥か下に眺められる。四枚並んだ二十センチ幅の床板の隙間からは谷底が覗ける。床板には落下を防ぐ物がないのが分かって、身体が強張り、お尻の穴が窄まる。吊り橋が、谷風に煽られて波打つと、五十メートル下の十津川が揺れて見える。立ち竦《すく》んで誰も進むことができない。そんな誰もが立ち眩んでいる中を、二人が手を取り合って、揺れる橋のリズムに合わせて歩んで、五十メートルの高さの空中散歩を楽しむ。目標を共有し、心臓の高鳴る鼓動が握り合った手を通じて伝わると、二人の愛が膨らむ。十津川山郷の鄙びた宿が二人の愛を待っている。

（谷瀬の吊り橋にて）

〈暖炉の温もり〉

小雪舞い　相笠差し合う　梓道
　君が濡れたと　譲り合う暖炉

　上高地の梓川沿いの黄金色に紅葉した唐松林の小径を二人で散歩していると、小雪が舞い降りてきた。持っていた一つの傘を相合い傘にして二人寄り添って歩く。お互いに相手の方に傘が多く覆うように差し合いながら、急ぐ気持ちで、しかし小幅でゆっくりと楽しむようにホテルに向かって歩く。ホテルのシンボルのマントルピースの下の暖炉では炎が揺れている。暖炉の側に着くと、「貴女が濡れているから暖炉の前へ」「貴方こそ濡れているから前へ」と譲り合う。二人で暖炉の前に互いに椅子を並べて座る。二人の横の椅子にはそれぞれ相手の濡れた服を掛けて乾かす。楢の香りが立ち昇る暖炉の暖かさよりも、心が暖まる時間を過ごした。

（上高地にて）

〈流氷の灯火〉

流氷を　駆ける姿は　白うさぎ
氷のかまくら　灯す愛の火

厳冬の知床海岸を訪れた。流氷が岸から水平線までびっしりと埋まって、風があるにも関わらず微動だにしない。近くで見ると、流氷は、塊がぶつかり合い、斜めになったり重なったりしている。荒れ狂った海が瞬時に凍ったよう。このでこぼこの氷の海原を跳びながら進む貴女の姿は、白兎がカルスト台地を飛び跳ねているように見える。私が追い掛けると、貴女は流氷が重なり合ってできた「氷のかまくら」に隠れていた。私も小さく屈んで入り、二人肩を寄せ合って、灯火を灯した。凍れる流氷の隙間に作った、小さくほんのりと暖かい二人の部屋だった。

（知床海岸にて）

〈夜明けの麗人〉

麗人の　夜明け見つめる　幼顔
心身合わせ　燃ゆる世界へ

いつも凛とした貴女が、部屋の窓越しに憂いを帯びた眼差しで、夕間暮れの空を見詰めている。薄暗い空には小さな星が淡い光を放っている。ほんのり赤みを帯びた貴女の横顔が、期待と不安、充実と空虚が交錯した幼子の面持ちで強張っているかのよう。そんな貴女が可愛くて、私の胸の中に永遠に留めておきたい。いつまでもそっとしておきたくもあるが、今日は心も体も一つに重ね合って、二人で燃えるようなときめきの世界へ旅をしよう。そして、煌めきの時間を二人の胸に永遠に刻み留めよう。

（岡山にて）

〈紅格子〉

紅格子　写す障子に　夢一つ
異邦の恋路　いにしえに舞う

ひがし茶屋街の町屋の建物に挟まれた狭い小路の石畳の奥に佇むお茶屋の二階。藍色の塗り壁に嵌っている障子に、ガス灯に照らされた紅殻格子が写る部屋で、二人が床を同じくしている。それまでの平凡な日常の幸せを心の奥深くに仕舞い、明日からどんな生活が待っているかは分からないけれど、今日の一夜の夢に全てを捧げよう。いにしえの男女がこの部屋で恋に舞ったように私達も恋に舞おう。

（ひがし茶屋街にて）

〈麗人抱擁〉

麗人を　燃える血潮で　抱き締めて
炎となって　天空に舞う

比叡山の懐に佇むホテルからは、北に長く延びて遠くが霞んだ大河のような琵琶湖が眺められる。湖を背にしてソファーに腰掛ける貴女は凛として近寄り難い香りを放っている。私はその雰囲気に押されて立ち止まってしまいそう。この気後れした気持ちでは貴女を抱き締めることができなくなってしまう。勇気を振り絞って、燃える血潮で貴女を抱き締めよう。その時、私の魂は大きな炎となって比叡山の天空に舞うだろう。全身全霊で貴女を愛そう。

（比叡山にて）

〈橋の背〉

橋の背に　過去と未来を　そっと置き
　愛を交わせる　永遠のひと時

　夜更けの倉敷の街は、昼間とは打って変わって人通りがない。オレンジ色の街灯に映し出されて風にゆらりと揺れる柳の木が、緊張と物憂げが同居する奇妙な風景を醸しだしている。川沿いを歩いて倉敷川に架かる今橋で立ち止まる。五本爪龍が彫られた欄干に二人寄り添って、過去を映し出すような川面の波に浮き沈みする橋桁の月影と山の端から昇った未来を予感させる雲間の月を重ねて眺める。愛し合いながらも別々の道を選んだ過去。結ばれることはないだろう未来。そんな過去と未来を欄干の上にそっと置いて、今宵のひと時を二人の愛で埋めて、永遠《とわ》の思い出として心に刻もう。

（倉敷にて）

〈虹の薔薇〉

七色の　虹を重ねた　黒い薔薇
見つけ出せずに　すれ違う想い

　春薔薇が咲く頃、貴女から『虹の薔薇』が完成したら絵を受け取って欲しいと言われたが、私は返答できなかった。受け取ることが、更に深い間柄に進むのか、それとも離別に繋がるか分からない。もしかしてこれを機に貴女が筆を置いてしまうのではないかと不安もあった。もう暫くは今の二人の関係でいたかったけれど、その日から、二人の想いが噛み合わなくなってしまった。初夏の候、展覧会に貴女の『虹の薔薇』が出展されていると聞き、山鉾巡行前日、京都四条のギャラリーを訪れた。全作品を一通り鑑賞するなか、貴女が描いたであろう「七色の花弁を持った薔薇」を探すが、見付けることが出来なかった。祇園囃子を遠くに聞きながら、「これで終わりかな」との寂しさを胸に鴨川沿いを一人歩き、行き違う運命に涙ぐむ。月日が流れ、年末の大掃除をしている時、玄関の片隅に置かれたままになっていたタウン誌を何気なく開けると、

「作品紹介」欄の『虹の薔薇』の文字が目に飛び込んできた。「赤・橙・黄・緑・青・藍・菫の七色を透明な絵具で幾層にも膜をつくるように塗り重ねて描かれた、透き通るような深みのある黒い薔薇。大変な手間と時間を掛けた作者渾身の作品」と紹介されていた。これが『虹の薔薇』だったんだ。貴女の想いを見付けられなかった馬鹿な俺。過ぎ去った時間が戻ることはない。

（京都にて）

〈夏の終わり〉

蝉が止み　こおろぎの声　聞こゆとき
夏を惜しむも　秋に進まん

蝉が折り重なるように鳴く夏が終わり、こおろぎが涼しい声で鳴く秋になった。二人でキュッ・キュッと砂を鳴らして駆け回った夏の琴引浜。昼の多くの鳴き砂の音が夕暮れには二つの音になり、やがて一つの音になって、鳴き音が止んだ時、二人が肩寄せ合って眺めた夕陽が真っ赤に燃えていた。楽しい日々が夢のように過ぎ去って、今では二人が違った道を歩んでいる。いつまでも楽しかった夏の想い出に浸っていては前に進めない。今日からは新たな道に向かって歩まなければ。

（琴引浜にて）

〈紫陽花の別離〉

夕間暮れ　ライトに浮かぶ　紫陽花が
車窓を流れ　巡る想い出

七色に　輝き揺れる　紫陽花を
二人見詰める　卒恋の旅

ホテルの部屋でお茶を淹れる彼女の手が僅かに震えている。何を話題にすれば楽しい会話に繋がるかが分からず、沈黙の時間が過ぎる。打ち解けられる流れを掴もうと「夜の紫陽花号」に乗車する。ライトを浴びて小雨に輝く艶やかなピンクの花弁や静かな物腰の青い花弁が、二人の心の壁を取り除いてくれる。大平台駅では、スイッチバックのため暫く停車するので、ホームに降り立つ。下りの電車がゆっくりとホームに入ってきた時、赤ベースの車体とヘッドライトに照らされて浮かびあがる青、ピンク、紫の紫陽花とのコラボレーションをバックに二人の写真を撮る。電車が急坂をゆっくり登ると、線路脇の紫陽花が車窓に触れたり、お辞儀をしたりして、親しみの挨拶を送ってくれる。車窓を通した紫陽花の景色と窓に映る二人の顔を重ねて眺めていると、二人の思い出が頭の中を巡り、自然と涙ぐんでくる。二人は愛し合い、結ばれる将来を夢みていた。しかし、貴女が愛のステップアップを望んだ時、私が立ち止まってしまった。私がステップアップを望んだ時、貴女が立ち止まってしまった。次第に二人の歯車が嚙み合わなくなり、ストレートに愛を伝えられないジレンマに陥ってしまった。互いに愛し合っていることは分かっていたが、少しの迷いもない愛を求める若さが別離を選択した。二人が愛し合った年月を締め括るため卒恋《そつれん》旅行に出た。明日は別々の道が待っている。

（箱根にて）

〈秋風の薊〉

秋風に　背丈下げるか　野原薊
車山から　富士は遠くに

かつて二人で過ごした車山高原を一人で再訪した。かつて嬉しさに弾みながら歩いた二人の思い出の路を一人の思い出に塗り替えようとするかのように、ひたすら山頂を目指して歩く。山頂から眺める富士山は遠くに霞んでいる。たとえ今、二人で富士を眺めても、貴女と私とは違った景色を見るのだろう。足元に野原薊《ノハラアザミ》がススキに埋もれるように咲いている。寒さに備えてか、夏と違って秋風に背丈を低くして咲いている。私も現実と向き合って、新しいスタートを切らなければ。

（車山高原にて）

〈失恋タンゴと冷めたコーヒー〉

ランプの灯　揺らげて回る　レコードの
失恋タンゴに　冷めたコーヒー

赤と黒のまだらな煉瓦の壁が古びた景色を醸し出す小さな喫茶店。時代遅れの45回転のレコードが、ランプの影を揺らしながらレコード針を震わせ、四本の大きな真空管の橙色の焔を灯し、ＪＢＬスピーカーの振動板を震わせて、小音ながらも豊かで咽ぶような音を奏でている。社会から隔離された空間で静穏を噛みしめるようにモカマタリを飲む。暫くすると、黒い板壁に掛かっている五台の振子時計が間伸びした鐘の音を鳴らす。その気怠い音が私をノスタルジックな世界に引き込む。スピーカーからはタンゴ「わが悲しみの夜」が流れている。カルロス・ガルデルの伸びやかな声なのに哀愁をたたえた歌声を聴いていると、心の奥底に封じ込めていた彼女との想い出が甦ってくる。最愛の人なのに、どうして別れることになったのだろうか。性格の違いを乗り越えられなかったから。生活力が不安だから。私への不信から。生涯のパートナーとする自信がないから。様々な想いと疑問を遡りながら、カウンターに置き忘れていた冷めたコーヒーを口に含む。曲が「ポル・ウナ・カベーサ（首の差）」に変わる。そうか。心変わりや誰かに負けたのではなく、恋人からパートナーへと変わるべき時が来ていることに気付けず、二人の時の流れの差に負けたんだ。

（堺市にて）

〈恋の故郷〉

緩やかな　恋はうつつか　夢と過ぎ
　別れののちは　心の故郷

激しい恋は最初から相手を独占・支配したいという感情で始まるので、恋の実感や時期が明確である。激しい恋は独占欲や支配欲が強い分、独占・支配が出来ないと、恨みや妬みの感情が強くなり、感情を上手くコントロール出来なくなって破局に向かう。破局すると相手を反発・否定するため恋心は消滅してしまい、二人は異郷の人になる。これに対して、一目ぼれで燃え上がるのではなく、出会ってから、相手の考え方、趣味、相性、感性に心惹かれ、好意から変化していく恋がある。このような緩やかな恋は、愛と恋との境目が明確でないので、恋している実感が持ち難い。緩やかな恋では二人が傍にいることが自然な状況なので、独占欲が強くなく、余り恋を意識することがない。緩やかな恋は相互理解が進んでいるため、感情をコントロールしやすく、比較的破局に至りにくい。しかし、恋を強く意識しないため積極的な行動を取ることなく月日が流れ、いつしか別れが来てしまうケースもある。緩やかな恋は相互理解が出発点なので、別れても相手への恨みや妬みが軽いため、消滅せずに恋の故郷《ふるさと》として心に生き続ける。ただ、室生犀星が『故郷は遠くにありて思うもの』で謳っているように、緩やかな恋も故郷として自分の心の中にしまっておくのが望ましいのだろう。

（堺市にて）

〈恋と楓の四季〉

春 若葉　夏 の結葉　秋 紅葉
冬 枯葉舞い　愛 落ち葉焚き
春 萌黄　夏 の深緑　秋 に燃え
冬 枯葉散り　恋 落ち葉炊き

「楓の四季」

(春) 楓の新芽が芽吹いて、春の光を受けて、萌黄色の若葉に育ち、

(夏) 若葉が深緑になり、幾重にも重なりあって、濃い結び付きを醸し出し、

(秋) 深緑が、赤桃、薄紅葉、照紅葉、真紅に染まって、燃え盛り、

(冬) 真紅葉が燃え尽きて、行き先を失い唐紅葉になって舞い散る。

(節) 落ち葉を拾い集め焚火に燃やして、来季も心を癒し、楽しませてくれることを願って、楓にお別れ。

「恋の四季」

(春)町裏の古色蒼然とした喫茶店の古時計に囲まれたカウンターで、感性に富む女性と隣り合わせた。生まれ、育ち、性格、趣味、思考が全く異なる二人が、相手の内に自分の居場所を見付けて、恋が芽生えた。

(夏)互いを深く受け入れるため、豊かな感情、広い視野、共通世界の獲得に努め、二人の恋が重なりあった。

(秋)詩と絵画、コーヒーと紅茶、バーボンとワイン、ジャズとバロック、自由と規律、自愛と他愛。二人は自分の殻を打ち破って、愛を育み、恋に燃えた。

(冬)二人はそれぞれの人生目標達成のため、別々の生活を始め、違った道を歩み出した。想いが行き違い、疲れ、恋の行き場を見付けられず、儚く舞い散った。

(節)舞い散った恋を拾い集め、燃やした焚き火の燃え殻を、心の内に仕舞い込み、新たな道に歩み出さねば。

(法然院にて)

〈細目次〉

1. 浪漫の吊り橋（14首）

①（自然と共に）　天使の梯子　煌めく天の川　恋蛍　月うさぎ（2）

②（歴史を馳せる）　青苔のわらべ地蔵　氷雨降る當麻寺　夕映えの二上山

源平枝垂れ桃

③（自然ロマン）　二上山のかささぎの橋　二上山の実葛（2）　波の襞

海のバージンロード

2. 景観のケーブルカー（26首）

①（春）　和みの蝋梅　福寿草の暖　紅枝垂れ桜　剛柔の奥入瀬　畦の菫

青楓の香り　屏風岩と山桜　靄る山ツツジ　白い狭間を越えて

帯を結んだ小豆島　天橋立股のぞき

②（夏）　無双の千畳敷カール　七彩の黒部渓谷（2）

③（秋）　松帆の夕陽　富士の曼珠沙華　すすきの白波　青沼の縞模様

イチョウの発現　散り紅葉（2）

④（冬）　月の富士巡り　澄み渡る北アルプス　氷の摩周湖　北山杉磨き

5. 行事の襷（15首）

①（宗教と信頼）　凍てた水掛け不動　宮島の楠船　京の精霊送り
無垢の参拝　初日の出前

②（祭り）　阿波踊り　太鼓の宮入り　想い出花火（2）　お茶会

③（願い）　孫の発表会　平和の鐘　安産祈願　初宮参り　お墓参り

6. 思惟の綾取り（11首）

①（悟りへの道）　捨て去って　捨てる真理　尊い個性　改元の日

②（友情・愛・恋）　友情と恋（2）　親子の愛　無垢の愛

③（生死）　来世への旅立ち（2）　御嶽山爆発

7. 恋の糸電話（23首）

①（出会い）　秋桜の恥じらい　紅い瞳

②（共感）　振り袖　炎の山焼き　天女の羽衣　瀬戸のローズムーン

③（進展）　九尺藤の影絵　弾む足元　愛の吊り橋　暖炉の温もり

著者プロフィール

早川 博海（はやかわ ひろうみ）

1948年生まれ。
大阪府出身。
大阪府立八尾高校卒。関西大学法学部卒。
堺市理事などを歴任。
著書「独断・管理職のこころえ帳」（文芸社、2005年）

カバーイラスト：WINSTON
イラスト協力会社：株式会社ラポール イラスト事業部

短歌と随筆の架け橋

2023年 2 月15日　初版第 1 刷発行

著　者　早川 博海
発行者　瓜谷 綱延
発行所　株式会社文芸社
〒160-0022　東京都新宿区新宿1－10－1
電話　03-5369-3060（代表）
03-5369-2299（販売）

印刷所　株式会社暁印刷

ISBN978-4-286-27057-9